As cabeças trocadas

COLEÇÃO THOMAS MANN

Coordenação

Marcus Vinicius Mazzari

A morte em Veneza e *Tonio Kröger*
Doutor Fausto
Os Buddenbrook
A montanha mágica
As cabeças trocadas

Thomas Mann
As cabeças trocadas
Uma lenda indiana

Tradução
Herbert Caro

Posfácio
Claudia Dornbusch

2ª reimpressão

PRÊMIO NOBEL
COMPANHIA DAS LETRAS

Copyright © 1940 by Bermann — Fischer Verlag, Estocolmo
Copyright © Renewed 1968 by Katia Mann.
Com a permissão de S. Fischer Verlag GmbH,
Frankfurt am Main

*Grafia atualizada segundo o Acordo Ortográfico
da Língua Portuguesa de 1990, que entrou em vigor
no Brasil em 2009.*

Título original
Die vertauschten Köpfe
O texto desta edição foi estabelecido a partir da edição
publicada pela Fischer Taschenbuch Verlag, 2010.

Capa e projeto gráfico
RAUL LOUREIRO
Imagem de capa
KONTRAST-FOTODESIGN/ISTOCK
Crédito da foto do autor
ULLSTEIN BILD VIA GETTY IMAGES
Preparação
ANA CECILIA AGUA DE MELO
Revisão
ANGELA DAS NEVES
FERNANDO NUNO

Dados Internacionais de Catalogação na Publicação (CIP)
(Câmara Brasileira do Livro, SP, Brasil)

Mann, Thomas, 1875-1955.
        As cabeças trocadas : uma lenda indiana/ Thomas
Mann; tradução Herbert Caro ; posfácio Claudia Dornbusch.—
1ª ed.—São Paulo: Companhia das Letras, 2017.

        Título original: Die vertauschten Köpfe.
        ISBN 978-85-359-2861-7

        1. Ficção alemã 1. Dornbusch, Claudia. 11. Título.

16-00140   CDD-833

Índice para catálogo sistemático:
1. Ficção : Literatura alemã 833

[2022]
Todos os direitos desta edição reservados à
EDITORA SCHWARCZ S.A.
Rua Bandeira Paulista, 702, cj. 32
04532-002 — São Paulo — SP
Telefone: (11) 3707-3500
www.companhiadasletras.com.br
www.blogdacompanhia.com.br
facebook.com/companhiadasletras
instagram.com/companhiadasletras
twitter.com/cialetras

SUMÁRIO

As cabeças trocadas 9

Posfácio —
Cabeças trocadas, mas sempre as mesmas
Claudia Dornbusch 95

Cronologia 113

Sugestões de leitura 117

I.

A história de Sita, a das belas cadeiras, filha do criador de gado Sumantra da casta dos guerreiros, e de seus dois maridos — se assim podemos
qualificá-los — exige, por sua natureza sangrenta e perturbadora, muito da força espiritual do auditório e de sua capacidade de enfrentar as
assustadoras trampolinadas de *Maya*. Desejável seria que todos os que
a escutassem tomassem por exemplo a firmeza do narrador, pois quase
que se requer maior coragem para relatar tal história do que para ouvi-
-la. Porém, do princípio ao fim, eis o que ocorreu:

Naquela época em que a memória se originava nas almas dos homens, assim como a taça do sacrifício lentamente se enche de sangue
ou de inebriantes poções, quando o colo da austera piedade patriarcal
se abria, a fim de receber a semente da era primeva, e a saudade pela
Mãe cercava símbolos antigos de renovados tremores, fazendo com que
aumentassem as procissões de peregrinos, que acorriam na primavera
às moradas da grande Nutriz do Mundo — foi naquele tempo que dois
jovens, pouco diferentes quanto à idade e à casta mas bem diversos com
relação ao seu físico, travaram entre si íntima amizade. O mais jovem
chamava-se Nanda, e o outro, pouco mais velho, Shridaman. Aquele
contava dezoito anos, ao passo que este já completara vinte e um. Ambos, cada qual no seu dia, haviam sido cingidos com o cordão sagrado
e acolhidos na comunidade dos que nasceram duas vezes. Eram naturais da mesma aldeia dotada de um santuário, a qual tinha o nome de
Bem-Estar das Vacas. Por indicação dos deuses, fora instalada no seu
lugar na terra de Kosala, em tempos remotos. Circundavam-na uma
sebe de cactáceas e um muro de madeira. Nos quatro pontos cardeais
deste, havia outros tantos portões. A eles, um sábio itinerante, iniciado

na fala da Deusa e incapaz de proferir palavras erradas, dera a bênção após ter sido alimentado pelos aldeões, pedindo que de seus umbrais e dintéis pingassem manteiga e mel.

A amizade dos dois jovens baseava-se nas diferenças de seus sentimentos relativos ao eu e ao meu. Os de um ansiavam pelos do outro. Pois a encarnação cria a individualização; a individualização causa diversidade; a diversidade provoca a comparação; da comparação nasce a inquietude; a inquietude origina o assombro; do assombro provém a admiração; e esta, finalmente, produz desejo de troca e união. *Etad vai tad*, isto é aquilo. E esse preceito aplica-se sobretudo à mocidade, quando a argila da vida ainda é mole e os sentimentos do eu e do meu ainda não se tornaram rígidos por causa do esfacelamento da unidade.

O jovem Shridaman era comerciante e filho de comerciante. Nanda, por sua vez, era ferreiro e pastor de gado, já que seu pai, Garga, não somente mantinha reses no curral ou no campo, mas também manejava o martelo e atiçava o fogo da forja com o leque de penas. Quanto ao progenitor de Shridaman, de nome Bhavabhuti, descendia pelo lado paterno de uma estirpe de brâmanes versados nos Vedas, o que absolutamente não se dava com Garga e seu filho Nanda. No entanto, não eram sudras, e, posto que tivessem narizes um tanto parecidos com os de cabras, pertenciam plenamente à sociedade humana. Sobrevinha que também para Shridaman e até para Bhavabhuti o bramanismo não passava de uma recordação, uma vez que o avô daquele propositadamente não avançara além do degrau de chefe de família, que se segue ao de discípulo, e nunca tentara galgar o de ermitão e asceta. Desdenhara viver exclusivamente de dádivas piedosas, que fossem oferecidas em tributo a seus conhecimentos dos Vedas e talvez não bastassem para saciar seu apetite. Abrira, portanto, um digno comércio de musselina, cânfora, sândalo, seda e chita. Desse modo, o filho que ele gerara para que lhe cumprisse os deveres funerários tornara-se igualmente *vanidja* ou negociante, na aldeia do Bem-Estar das Vacas, e o filho de Bhavabhuti, Shridaman, também seguiu o exemplo de seu pai, não sem ter consagrado alguns anos de sua infância ao estudo da gramática, da astronomia e dos elementos fundamentais da ontologia, sob a orientação de um guru e mestre espiritual.

Nanda, filho de Garga, não. Seu carma era diferente e nunca, nem por tradição, nem por atavismo, sentira ele a vocação de lidar com coisas do espírito. Em vez disso, sempre se conservara assim como era, um filho do povo, cheio de jovial ingenuidade, com a aparência de

Krishna, de tez e cabeleira escuras. Até mesmo lhe coubera no peito a mecha do "Bezerro da boa sorte". O trabalho de ferreiro tornara seus braços musculosos, e a faina de pastor igualmente contribuíra para incrementar-lhe o vigor. Pois seu corpo, que ele gostava de ungir com óleo de mostarda e ataviar com colares de flores silvestres ou também com adornos de ouro, mostrava proporções bonitas, da mesma forma que o rosto imberbe, atraente, apesar do já mencionado nariz de cabra e dos lábios um tanto grossos. Mas nenhum desses pequenos defeitos diminuía o aspecto simpático, e seus olhos negros continuavam sempre risonhos.

Tudo isso agradava a Shridaman, sempre que comparava o amigo com sua própria pessoa, que tinha no semblante e nos membros alguns matizes mais claros, além das diferenças de fisionomia. O cavalete de seu nariz era fininho, qual lâmina, e ele tinha olhos que revelavam meiguice nas pupilas e nas pálpebras, enquanto nas faces crescia, em leque, uma barba macia. Também eram macios os membros, absolutamente não enrijecidos pelos ofícios de ferreiro e pastor, e mais se assemelhavam aos de um brâmane ou de um comerciante, com o tronco estreito, levemente balofo, e um pouco de gordura na região da barriguinha. Mas, fora isso, não deixava de ser perfeito, de joelhos e pés delicados. Era um corpo que muito bem podia servir de complemento e acessório a uma cabeça nobre, inteligente, à qual, no conjunto, coubesse ser a parte mais importante, ao passo que, no caso de Nanda, o corpo constituía-se no essencial e a cabeça não passava de um acréscimo agradável. Somando tudo, os dois se pareciam com Siva, na sua dupla manifestação, quando, ora como barbudo asceta, fica prostrado, feito morto, aos pés da Deusa, ora ereto, encara-a de braços estendidos, qual efebo em plena flor da mocidade.

No entanto, eles não formavam uma unidade, ao contrário de Siva, que é a vida e a morte, o mundo e a eternidade no seio da Mãe, senão representavam sobre a Terra dois seres diversos. Por isso, eram um para o outro semelhantes a ídolos. Em ambos, o sentimento do eu e do meu entediava-se de si próprio, e, embora soubessem que, na realidade, tudo é um composto de imperfeições, espiavam um no outro justamente aquilo que os tornava diferentes. Shridaman, de boca fina, rodeada pela barba, achava prazer na natureza de Krishna do beiçudo Nanda, ao passo que este, posto que se sentisse lisonjeado por tal admiração, também — e ainda mais — se impressionava, no confronto com Shridaman, com a tez clara, a cabeça distinta e a fala correta, que, como se sabe, anda de mãos dadas com a erudição e o conhecimento do ser, formando com eles um todo indissolúvel. Em virtude disso, não existia para Nanda nada mais deleitoso do que a convivência com Shridaman. Assim, os dois haviam chegado a ser amigos inseparáveis. É bem verdade que na inclinação mútua aflorava também uma pontinha de ironia. Pois Nanda troçava em certas ocasiões da pálida adiposidade, do nariz afilado e do linguajar esmerado de Shridaman, e este, por sua vez, zombava no seu íntimo do nariz de cabra e da rusticidade nada antipática do outro. Mas em tal tipo de motejos secretos revelam-se frequentemente a comparação e o desassossego. Ele se constitui num tributo ao sentimento do eu e do meu, sem detrimento do desejo *Maya*, que neles tem sua origem.

II.

Aconteceu, no entanto, na linda primavera ressoante do vozerio dos pássaros, que Nanda e Shridaman empreenderam juntos uma viagem a pé pelo país, cada qual por motivos particulares. Nanda recebera do pai a incumbência de adquirir certa quantidade de minério numa comunidade de pessoas de baixa casta, que vestiam tangas de junco, mas dominavam a técnica de extrair o metal dos rochedos. Nanda sabia lidar com essa gente, que morava em covis a uma distância de poucos dias de viagem, a oeste da aldeia natal dos amigos, perto da cidade de Kuruksheta, a qual, por sua vez, fica um pouco mais ao norte da populosa Indraprashta, às margens do rio Djamna, onde Shridaman teria seus afazeres. Lá vivia um brâmane com o qual negociava a firma de seu pai. Também este se conservara no degrau de pai de família. Caberia então ao moço oferecer-lhe um lote de panos multicores, que as mulheres de sua aldeia haviam tecido de fios finos, e obter em troca, do modo mais vantajoso possível, pilões de triturar arroz e certa espécie de gravetos sumamente práticos, que se tornaram escassos em Bem--Estar das Vacas.

Já tinham caminhado um dia e meio, ora por estradas de grande movimento, ora sozinhos através de bosques e campos ermos, cada um a carregar nas costas o seu farnel. Nanda levava consigo uma caixa cheia de nozes de bétele, conchas de cauris e folhas de ráfia untadas de ruge *alta*, para tingir as plantas dos pés. Com isso tencionava pagar o minério àquela gente de baixa casta. Shridaman portava os tecidos embrulhados numa pele de veado. Mas de vez em quando, por amizade, Nanda punha nas costas, além de sua própria carga, também a do companheiro. Assim, chegaram a um sítio de banhos rituais pertencente a

Kali, Mãe de todos os mundos e seres, a que abarca o Universo e inebria os sonhos de Vishnu. Esse lugar encontra-se à beira do arroio Mosca Dourada, que, alegre qual potranca solta, brota do seio das montanhas, mas depois modera seu curso e, num ponto santificado, conflui com o rio Djamna, o qual, por sua vez, numa localidade ainda mais sagrada, une-se com o sempiterno Ganges. Mas este deságua por muitos braços no mar. Muitos lugares de banho sobremodo famosos purificam quaisquer máculas, e neles se pode colher o renascimento, haurindo a água da vida e mergulhando no seio da corrente. Numerosos lugares desse gênero debruam as margens e desembocaduras do Ganges e as regiões nas quais outros rios lançam suas águas na Via Láctea terrestre. Mas há ainda outros, lá onde arroios se juntam com estes, assim como faz Mosca Dourada, filhinho do Lar das Neves, ao confundir-se com o Djamna. Ali se encontram em toda parte tais sítios de ablução e junção, que facilitam a todos o sacrifício tanto como a comunhão, estando providos de entradas com santificados degraus, para que os fiéis não precisem chapinhar pelas águas, lançando-se nelas, sem cerimônia nem dignidade, após terem atravessado o lótus e o junco da orla, mas possam descer solenemente para lavarem-se e beberem.

Ora, o lugar de banhos que os amigos encontraram não era daqueles mais importantes, ricos em oferendas, a cujo respeito os iniciados proclamam efeitos milagrosos e aonde afluem multidões de pessoas nobres ou humildes, naturalmente em horas diferentes. Era modesto, quieto, nada vistoso, e ficava situado, não numa confluência, senão apenas na margem do Mosca Dourada, cuja encosta subia a alguns passos do leito do curso d'água, formando uma colina. No topo dela erguia-se um pequeno templo feito de madeira, despretensioso e já meio caindo aos pedaços, embora adornado, em abundância, de imagens entalhadas. Era dedicado à Senhora de todos os desejos e prazeres e tinha, acima da nave, uma torre com excrescências gibosas. Os degraus de madeira que conduziam ao rio estavam igualmente danificados, mas ainda serviam para uma descida digna.

Os jovens mostravam-se alegres por terem chegado a esse sítio que lhes oferecia o múltiplo ensejo para a devoção, o descanso e a restauração de suas forças. Já fazia muito calor ao meio-dia. Em plena primavera, prematuramente, o verão ameaçava tornar-se pesado. Mas ao lado do pequeno templo, no barranco, estendiam-se não somente um matagal mas também um bosque de mangueiras, tecas, magnólias, tamarindos, palmeiras de *tala* e *cadambas*, a cuja sombra poderiam almoçar e repousar perfeitamente. Primeiro, os amigos desincumbiram-se de seus deveres religiosos tão bem como permitiam as circunstâncias. Não havia lá nenhum sacerdote que lhes pudesse fornecer azeite ou manteiga derretida para que os derramassem sobre as esculturas de *lingam*, colocadas no minúsculo terraço, à frente do santuário. Porém, usando uma concha que estava à mão, tiraram água do rio e, murmurando as rezas prescritas, executaram a boa ação. Em seguida, de mãos postas, desceram ao verde leito do arroio; beberam e aspergiram-se segundo o ritual. Feito isso, mergulharam e deram graças. Por mero prazer, demoraram-se no banho mais tempo do que exigiam as obrigações religiosas, e depois, sentindo no corpo inteiro a bênção da comunhão, encaminharam-se ao ponto debaixo das árvores que haviam escolhido para o descanso.

Lá, partilharam fraternalmente as provisões de viagem. Dividiram-nas entre si, embora cada qual pudesse ter comido apenas o seu e nenhum deles dispusesse de algo diferente. Após ter partido um bolo de cevada, Nanda oferecia a Shridaman a metade, dizendo:

— Toma, meu caro!

E Shridaman, ao cortar uma fruta, dava a metade a Nanda com as mesmas palavras. Enquanto comia, Shridaman estava sentado de lado na grama fresca, ainda verde, não crestada pelo sol, de pés e joelhos juntos. Nanda, por sua vez, ficava acocorado à maneira do povo, de joelhos flexionados, os pés voltados para a frente, numa posição que somente aguenta quem esteja desde há muito habituado a ela. Assumiam tais atitudes inconscientemente, sem nenhum propósito, pois se tivessem prestado atenção ao modo de sentar, Shridaman, por pendor pelo primitivo, levantaria os joelhos, e Nanda, por inclinação oposta, adotaria a posição mais distinta. Ele usava um pequeno gorro sobre a cabeleira negra, lisa e ainda úmida. Um pano de algodão branco envolvia-lhe o baixo-ventre. Argolas cingiam os braços, e do pescoço descia um colar de pedras presas com fitas douradas, que, qual moldura, salientava no peito a mecha do "Bezerro da boa sorte". Shridaman tinha a cabeça enrolada numa faixa branca e vestia uma túnica de mangas curtas, igualmente alva, e que caía sobre o bojudo avental drapeado à maneira de uma calça. No decote, via-se, suspenso numa fina corrente, um saquinho, que continha um amuleto. Ambos os amigos traziam na testa o sinal branco de sua fé, aplicado com tinta mineral.

Após a refeição, botaram fora os restos de comida e conversaram. O sítio era tão prazeroso que nem príncipes nem grandes reis poderiam arranjar outro melhor. Por entre as árvores, nas quais a folhagem e os cachos de flores tremiam suavemente, acima dos altos ácoros e bambus da encosta, avistavam-se a água e os degraus inferiores da escada que a ela conduzia. Da ramaria pendiam verdes guirlandas de sumarentas trepadeiras, entreligando graciosamente os galhos. Com os trinados e os chilros de pássaros invisíveis mesclava-se o zumbido das abelhas de ouro, que flechavam por cima da relva em busca de flores às quais faziam urgentes visitas. No ar, notava-se o olor fresco e todavia cálido da vegetação. Fortemente se impunham o perfume do jasmim, o aroma característico das frutas da *tala*, o cheiro do sândalo e também do óleo de mostarda, com o qual Nanda, logo depois do banho ritual de imersão, voltara a ungir-se.

— Aqui parecemos estar mais além das seis ondas da fome e da sede, da velhice e da morte, das mágoas e das ilusões — disse Shridaman. — Em toda parte reina uma paz descomunal. É como se houvéssemos sido apartados do incessante turbilhão da vida e transportados para o centro em repouso, a fim de podermos respirar. Escuta só: que quietude acolhedora! Digo "acolhedora", porque ela deriva do ato de acolher sons, e este provém do silêncio. Pois nos faz prestar atenção a tudo quanto não for totalmente quieto a nosso redor, e através disso fala como num sonho. Mas também nós ouvimos aquilo como que em sonho.

— Realmente é assim como explicas — respondeu Nanda. — No burburinho de um mercado não escutamos, mas quietude acolhedora só reina onde haja aquele silêncio no qual exista algo que possa ser escutado. Inteiramente desprovido de sons e saturado de silêncio, é unicamente o Nirvana, e por isso não convém falar a seu respeito de "quietude acolhedora".

— Não mesmo! — replicou Shridaman, rindo-se sem querer. — Acho que nunca ninguém teve a ideia de qualificar o Nirvana de quieto e acolhedor. Mas a ti ela ocorreu em certo sentido, embora negativamente, pois dizes que não se pode dar-lhe essa qualificação. De todas as negações que podemos atribuir a ele — pois do Nirvana só se pode falar em negações — escolheste a mais engraçada. Frequentemente proferes coisas sutis, desde que seja lícito empregar o adjetivo "sutil" com relação a algo que tanto é certo como ridículo. Gosto muito disso, já que às vezes me faz subitamente vibrar a zona da barriga, quase como num soluço. Assim se percebe quão próximos estão entre si o riso e o pranto e que é um simples equívoco estabelecer uma diferença fundamental entre o prazer e o sofrimento, almejando àquele e rejeitando a este, visto que, afinal de contas, somente os dois juntos podem ser chamados de bom ou de mau. Há, no entanto, uma combinação de riso e pranto que mais se presta a ser aprovada e qualificada de "boa", em meio a todas as emoções da vida. Para ela criou-se a palavra "enternecimento", que designa uma serena compaixão, e dela provém justamente a semelhança entre a vibração de minha barriga e o soluço. E por isso, tu, com tua sutileza, me causas pena.

— Mas por que te causo pena? — perguntou Nanda.

— Porque, no fundo, tu és um autêntico filho de Samsara e estás inteiramente satisfeito com a vida — tornou Shridaman. — Absolutamente não tens teu lugar entre as almas que anseiam por emergir do terrível oceano do riso e do pranto, assim como flores de lótus elevam-se acima das águas e abrem seus cálices ao céu. Tu te sentes muito bem nas profundezas, que fervilham de vultos e formas a vegetarem complexamente variados. E que te sintas assim à vontade faz com que fique agradável olhar-te. Mas agora, de repente, dá-te na veneta dedicar-te ao Nirvana e manifestar opiniões a respeito de sua determinação negativa, falando de seu desprovimento de quietude acolhedora. Ora, isso é tão engraçado que até provoca lágrimas, ou, para usar a designação criada a propósito, é enternecedor, uma vez que me deixa preocupado com teu tão agradável bem-estar.

— Ora, ora — protestou Nanda —, de que jeito estás me julgando! Eu ainda admitiria que te compadeças de mim porque vivo na obcecação de Samsara e não tenho afinidade com a flor de lótus. Mas que te cause compaixão porque trato de preocupar-me um pouquinho com o Nirvana, assim como o entendo, isso já é suscetível de ofender-me. Permite que te diga: tu também me dás pena.

— E por que eu, por minha vez, te causo dó? — indagou Shridaman.

— Porque, apesar de teres lido os Vedas e aprendido alguma coisa acerca do conhecimento do ser, estás disposto a deixar-te lograr mais facilmente do que pessoas que não os estudaram — replicou Nanda. — É justamente isso o que provoca na minha barriga uma espécie de enternecimento, que é, na tua definição, uma serena compaixão. Pois, onde quer que haja um pouquinho de quietude acolhedora, como, por exemplo, neste lugar, logo te deixas iludir pela aparente paz, distancias-te, devaneando, das seis ondas da fome e da sede, e pensas encontrar-te no centro imóvel do redemoinho. E no entanto, em toda essa calma confortável e na circunstância de existir nesse silêncio, muita coisa que carece ser escutada revela precisamente que nele há um enorme turbilhão e que todas as tuas sensações de paz não passam de ilusões. Estes pássaros trocam arrulhos somente porque querem fazer amor; estas abelhas e libélulas, estes besouros agitam-se, impelidos pela fome; da relva ressoam secretos rumores de milhares de formas de luta pela vida, e estes cipós, que tão graciosamente cingem as árvores, desejam apenas asfixiá-las para tirar-lhes sumo e fôlego, no único intuito de cevar-se e engordar. Eis o verdadeiro conhecimento do ser.

— Não o ignoro — disse Shridaman —, e não me iludo a esse respeito, ou pelo menos só por um momento e de propósito. Pois, além da verdade da razão e de seu conhecimento, existe ainda a simbólica intuição do coração humano, que sabe ler a escrita dos fenômenos não apenas no seu sentido primário, prosaico, mas também segundo seu significado secundário, superior, e a aproveita como recurso para atingir a contemplação do puro e do espiritual. Como queres alcançar a percepção da paz e experimentar a fortuna da imobilidade, sem que, para tanto, uma imagem *Maya* te ofereça os meios, ainda que tal imagem em si não seja de modo algum fortuna e paz? Aos homens foi dado e concedido que possam servir-se da realidade para vislumbrarem a verdade. Para denominar esse fato e essa licença, a língua criou a palavra "poesia".

— Ah, então é assim que o entendes? — disse Nanda, rindo. — Nesse caso, e de acordo contigo, a poesia seria a tolice que corre atrás da inteligência, e se alguém é tolo, deveríamos perguntar se o é ainda ou de novo. Preciso dizer que vós, os inteligentes, complicais as coisas para pessoas como nós. A gente pensa que deve tornar-se inteligente, mas antes de consegui-lo, descobre que é mister ficar novamente tolo. Não deveríeis mostrar-nos os degraus mais altos, pois assim perderemos o ânimo de galgar os anteriores.

— De mim — disse Shridaman — não ouviste que é necessário ser inteligente. Mas, vamos, deitemo-nos na relva macia depois da refeição e olhemos, através da ramaria das árvores, em direção ao céu. É uma curiosa forma de contemplação fixar os olhos no céu a partir de uma posição que não nos obrigue a levantar a vista, uma vez que os olhos de qualquer modo já estão dirigidos para cima. Dessa maneira, o vemos assim como a própria Mãe Terra o avista.

— *Siyâ*, assim seja! — concordou Nanda.

— *Siyât!* — corrigiu-o Shridaman na correta linguagem castiça, e Nanda riu-se dele e de si mesmo.

— *Siyât, siyât!* — repetiu. — Tu és um sutilizador! Deixa-me com meu linguajar! Quando falo sânscrito, tem-se a impressão de ouvir as fungadas de um bezerro ao qual passaram uma corda pelo focinho.

Essa comparação rústica fez com que o próprio Shridaman desse uma estrondosa gargalhada, e ambos se estiraram, segundo a sua sugestão. Ficaram a espiar, por entre os galhos e os ondulantes cachos de flores, o límpido azul de Vishnu. Ao mesmo tempo, abanavam-se com leques de folhas, a fim de defenderem-se das moscas vermelhas e brancas, as chamadas protegidas de Indra, que sua pele atraía. Nanda assumia a posição horizontal, nem tanto porque sentisse o desejo de contemplar o céu à maneira da Mãe Terra, senão simplesmente por condescendência, e em seguida voltou a soerguer-se e retomou aquela sua posição dravídica, com uma flor entre os lábios.

— A protegida de Indra é barbaramente chata — resmungou, tratando o sem-número de moscas que flechavam em torno dele como se fossem um e o mesmo indivíduo. — Certamente ela cobiça meu excelente óleo de mostarda, ou talvez tenha recebido ordens de seu protetor, o Cavaleiro de Elefantes e Senhor do Raio, o grande Deus, para que nos atormente e castigue... Tu já sabes por quê.

— Isso não deveria atingir-te — replicou Shridaman —, pois, sob a árvore, tu deste teu voto para que a festa de ação de graças a Indra, no outono passado, fosse celebrada ao modo antigo, ou digamos melhor, mais novo, conforme as usanças e a observância brâmanes. Podes, portanto, lavar as mãos quanto à decisão contrária que tomamos no Conselho, quando cessamos de servir a Indra e adotamos um ritual novo, ou melhor, mais antigo, para dar graças; um que parece mais adequado a aldeões como nós e mais conveniente à nossa piedade do que o palavrório de sentenças do cerimonial brâmane em homenagem a Indra, o Atroador, que arrasou as fortalezas do povo primevo.

— Pois é, falas a verdade — tornou Nanda —, mas ainda continuo apreensivo no fundo de minha alma. Pois, embora eu tenha votado, sob a árvore, a favor de Indra, receio todavia que ele não dê atenção a minúcias dessa espécie e responsabilize coletivamente a todos em Bem-Estar das Vacas, porque o privaram da sua festa. Eis que subitamente, não sei por que cargas-d'água, o pessoal mete algo na sua cabeça e aferra-se à ideia de que o ritual da ação de graças a Indra já não é o que lhe convém, pelo menos o que convém a nós, que somos pastores e agricultores, mas que nos cabe inventar uma simplificação piedosa do culto. O que temos que ver com o grande Indra? — perguntaram então. — Os brâmanes conhecedores dos Vedas com suas infindáveis ladainhas imolam a ele. Mas nós queremos oferecer sacrifícios às vacas e às montanhas e aos pastos florestais, pois são essas as nossas divindades autênticas e naturais. Isso nos parece ser o que já temos feito antes do advento de Indra, que antecedeu Àquele que virá e arrasou as fortalezas dos indígenas primevos, e embora já não saibamos bem como cumpre agir, isso sem dúvida nos ocorrerá oportunamente e nossos corações no-lo indicarão. Desejamos prestar homenagens às pastagens do "Pico Multicor", que fica perto de nós, e o faremos com reverentes ritos, que são novos no sentido de que os devemos ressuscitar no âmago das reminiscências de nossas almas. A ele imolaremos animais puros e o brindaremos com oferendas de leite coalhado, flores, frutas e arroz cru. Depois, o rebanho das vacas adornadas de grinaldas de flores outonais terá de desfilar ao redor da montanha, voltando para ela o flanco direito, e os touros rugirão em direção a ela com as vozes tonitruantes de nuvens prenhes de chuva. Eis o que será nossa nova-antiga veneração à montanha. Porém, para evitarmos que os brâmanes se oponham a ela, vamos banquetear centenas deles e ajuntar o leite de todos os apriscos, a fim de que eles se possam fartar de coalhada e arroz-doce, até ficarem satisfeitos. Assim falaram certas pessoas sob a árvore, e alguns consentiram com isso, ao passo que outros discordaram. Eu, desde o começo, me opus à adoração à montanha, uma vez que tenho grande medo e alto respeito a Indra, que arrasou as fortalezas dos pretos. Não atribuo muito valor à reinstituição de coisas das quais ninguém mais se recorda bem. Mas tu proferiste então palavras puras e acertadas (acertadas no que se refere à correção da linguagem), defendendo o novo cerimonial das festas e a modernização do culto da montanha, sem consultarmos os interesses de Indra, e por isso permaneci calado. Pensei: se aqueles que estudaram na escola e aprenderam algo com relação à sabedoria do ser manifestam-se contra Indra e a favor da simplificação, nós nada temos a dizer e apenas podemos esperar que o sublime Vindouro, o Arrasador de Fortalezas, mostre compreensão e se contente com a alimentação oferecida a bom número de brâmanes, de modo que deixe de afligir-nos com secas ou desmedidas chuvas. Pode ser, assim ruminei eu, que ele mesmo esteja cansado da sua festa e prefira que, para seu próprio divertimento, se instituam o sacrifício à montanha e o desfile das vacas. Nós, os simplórios, tínhamos reverência a ele, mas talvez tenha Indra recentemente cessado de respeitar-se a si mesmo. Afinal gostei bastante da festa restaurada e ajudei com prazer a conduzir ao redor da montanha as vacas engrinaldadas. Mas, justamente há poucos instantes, quando corrigiste meu prácrito e me fizeste dizer *siyât*, ocorreu-me quão estranho é que te sirvas de um linguajar castiço, correto, a fim de promover a simplificação.

— Não tens motivo algum para censurar-me — respondeu Shridaman —, pois, ao modo do povo, falaste em abono do ritual e das sentenças dos brâmanes. Isso certamente te causou satisfação e te deixou feliz. Mas posso afiançar-te que dá um prazer muito maior ainda pronunciar palavras corretas, cultas, para advogar os direitos da simplicidade.

III.

Dito isso, mantiveram-se calados por algum tempo. Shridaman permanecia deitado, assim como antes, a contemplar o céu. Nanda cingia os joelhos com os musculosos braços, enquanto olhava por entre as árvores e os arbustos da encosta em direção ao lugar de banhos da Mãe Kali.

— Psiu!... Com mil raios, trovões e projéteis!... — sussurrou ele subitamente, pondo um dedo sobre os grossos lábios. — Shridaman, meu irmão, senta-te silenciosamente e espia isso aí! Refiro-me à que desce ao banho. Abre os olhos, que vale a pena! Ela não nos vê, mas nós podemos observá-la.

No lugar ermo da comunhão, estava uma jovem. Preparava-se para cumprir o ritual do banho purificante, já tendo depositado nos degraus da entrada o sári e o corpete. Quedava-se ali totalmente nua, trazendo apenas alguns colares em volta do pescoço, brincos oscilantes e uma fita branca, que lhe prendia o coque da basta cabeleira. A formosura de seu corpo era deslumbrante. Parecia feito da essência *Maya*, num colorido dos mais deliciosos, nem demasiado escuro, nem muito alvacento, antes semelhante a bronze com reflexos dourados. Suas formas maravilhosas correspondiam às ideias de Brama: adoráveis espáduas iguais às de uma garotinha; a encantadora curva das cadeiras, que circundavam a ampla bacia; seios virginais e firmes; exuberantes nádegas a estreitarem-se mais acima no fino, gracioso dorso, que se arqueava delicadamente, pois a moça erguia os flexíveis braços, cruzando as mãos na nuca e exibindo a sombra das tenras axilas. O que mais impressionava nesse conjunto e melhor se coadunava com as ideias de Brama — sem detrimento da perturbadora doçura dos seios, feitos para fazer aderir qualquer alma à vida dos sentidos — era a combinação desse magnífico traseiro com a delgadeza e a flexibilidade elástica do dorso de sílfide; combinação criada e possibilitada pelo contraste entre a prodigiosa sinuosidade dos quadris, dignos dos mais entusiásticos encômios, e o gracioso recuo da cintura, que os encimava. Iguais a essas formas deviam ser as da celestial donzela Pramlotcha, enviada por Indra ao grande asceta Kandu, a fim de impedir que ele, graças à sua imensa abstinência, obtivesse forças divinas.

— Afastemo-nos! — disse Shridaman, já sentado. Falava baixinho e mantinha os olhos fixos na figura da moça. — Não é justo que ela não nos veja, enquanto nós a observamos.

— Por quê? — perguntou Nanda. — Nós chegamos antes dela a este sítio aprazível. Que culpa temos de espiar o que se oferece a ser espiado? Não nos mexamos, pois cruel seria se nos escapulíssemos ruidosamente, espedaçando uns galhos, e ela notasse que foi observada, sem se dar conta disso. Eu gosto de ver essas coisas. E tu, não? Claro, teus olhos já se tornaram vermelhos, como se recitasses versos do Rigveda.

— Fica quieto! — admoestou-o Shridaman, por sua vez. — E compenetra-te! Isto é um espetáculo sério, sagrado, e que a espiemos é perdoável somente se o fizermos com pensamentos dignos e piedosos.

— Pois não — tornou Nanda. — Realmente não é nenhuma brincadeira, mas, mesmo assim, dá prazer. Tu querias devassar o céu, deitado sobre a terra. Agora percebes que, às vezes, em posição ereta, a gente o avista melhor ainda.

Silenciosos e imóveis, prosseguiram olhando. A jovem de tez de bronze dourado juntava as palmas das mãos, como eles mesmos tinham feito havia pouco, e pronunciava uma oração, antes de realizar a comunhão. Ambos a viram então de perfil, de modo que não lhes passou despercebido que não apenas o corpo mas também o rosto entre os brincos era extremamente lindo: o narizinho, os lábios, as sobrancelhas e, antes de mais nada, os olhos grandes, oblíquos como pétalas de lótus. Quando virava um pouco a cabeça, os amigos até se espantavam, receando que ela pudesse descobri-los. Constataram, todavia, que o belíssimo corpo absolutamente não ficava desvalorizado por um semblante feio, que diminuísse as suas qualidades. Pelo contrário, a harmonia era total, e a graça da cabecinha confirmava plenamente a perfeição do resto.

— Mas eu a conheço! — murmurou Nanda subitamente, estalando os dedos. — Agora a identifico. Antes, seu nome me escapava. É Sita, filha de Sumantra, da vizinha aldeia Sede dos Touros Gibosos. A gente que lá reside costuma vir para cá, a fim de tomar o banho purificador.

Naturalmente! Como não a conheceria? Balancei-a nos meus braços rumo ao Sol!

— Tu a balançaste? — indagou Shridaman em voz baixa, todo curioso. Ao que Nanda respondeu:

— Pois sim! E o fiz com toda a força dos meus braços, perante o povo inteiro. Vestida, logo a reconheceria, mas como se pode identificar imediatamente uma pessoa nua? É a Sita da Sede dos Touros Gibosos! Estive ali na primavera passada, de visita à minha tia. Casualmente celebrava-se então a Festa da Ajuda do Sol, e ela...

— Conta-me isso mais tarde, por favor — interrompeu-o Shridaman num temeroso murmúrio. — A grande ventura de podermos contemplá-la de tão perto tem a desvantagem de que ela nos possa ouvir sem dificuldade. Não digas mais nada, para que não se assuste!

— Pois, nesse caso, poderia fugir, e tu não a verias mais, sem te teres saciado do seu aspecto — retrucou Nanda, zombeteiro. Mas o amigo lhe deu um sinal peremptório que fez com que ele se calasse. Conservavam-se então silenciosos, observando como Sita da Sede dos Touros Gibosos cumpria o ritual do banho. Após ter terminado a oração, inclinava-se, e em seguida, voltava o rosto ao céu. Feito isso, entrou cautelosamente no rio, hauriu e bebeu. Acocorou-se e submergiu todo o corpo, mantendo a mão em cima da cabeça e saboreando algumas vezes o encanto de mergulhar na água e de deslizar por ela. Decorrido o tempo necessário para o banho purificador, voltou à terra, refrescada. Do lindo corpo molhado caíam borrifos. Mas nem por isso terminou o privilégio que o sítio acolhedor concedia aos amigos, uma vez que, depois do banho, a moça mundificada sentou-se nos degraus para que o sol a secasse, e a ilusão de estar totalmente sozinha fez com que os encantos naturais de seu corpo se exibissem nas posições mais graciosas. Somente depois de ter passado bastante tempo assim, voltou ela a vestir calmamente suas roupas. Em seguida, subiu a escadaria e desapareceu no templo.

— Acabou-se a festa — disse Nanda. — Bem, agora podemos pelo menos falar e mexer-nos. Depois de algum tempo, fica enfadonho fingir não estar presente.

— Não compreendo como podes falar de enfado — replicou Shridaman. — Será que existe maior bem-aventurança do que a que nos permite perder-nos na contemplação de um espetáculo semelhante, entregando-nos inteiramente a ele? Eu, por mim, teria gostado de prender a respiração o tempo todo, não por receio de que ela pudesse subtrair-se a meus olhos, mas sim pelo temor de privá-la da certeza de que por aí não houvesse mais ninguém. Por ela tremi e senti-me responsável como por algo sagrado. Dizes que se chama Sita? Estou satisfeito de sabê-lo, pois, ser capaz de pronunciar seu nome, para que assim possa adorá-la doravante, tira de mim um pouco da minha culpa. Então a conheces por tê-la balançado?

— Pois é, já te disse — confirmou Nanda. — Ela foi eleita para noiva do Sol na primavera passada, quando eu me encontrava em sua aldeia, e a fim de ajudar ao Sol, balancei-a tão alto rumo ao céu que lá de cima mal se ouviam seus gritos, que, de qualquer jeito, eram abafados pelo vozerio geral.

— Que sorte tiveste! — disse Shridaman. — Sempre tens sorte. Foi sem dúvida por causa dos teus braços vigorosos que te escolheram para balançá-la. Imagino perfeitamente como ela subia e voava em direção ao azul do céu. A volubilidade dessa visão mescla-se em mim com a clareza da cena que presenciamos, quando a moça se conservava rezando, piedosamente inclinada.

— Na verdade, ela tem motivo para rezar e penitenciar-se — tornou Nanda. — Não por causa de seu comportamento, pois é uma jovem muito recatada, senão por seus encantos, embora deles não tenha culpa. Mas, sob certo aspecto, considerando bem, é mesmo assim responsável por eles. Diz-se que um corpo tão formoso é cativante. Cativante, por quê? Porque nos cativa ao mundo dos desejos e dos prazeres; porque prende a quem o contemple cada vez mais à dependência de Samsara, de tal forma que as pessoas percam a pureza da consciência, assim como se perde o fôlego. É esse o efeito que ela produz, ainda que não o faça propositadamente. Porém, o fato de seus olhos se alongarem como pétalas de lótus permite-nos desconfiar que haja intenção. Seria fácil argumentar que o lindo físico lhe foi dado, que não se apossou dele deliberadamente e que, por isso, não precisa pedir desculpas ou compungir-se. Mas a verdade é que, em certos casos, não existe nenhuma diferença nítida entre "dado" e "tomado". Provavelmente, ela própria sabe disso e procura obter perdão de ser tão cativante. Afinal de contas, apossou-se desse corpo lindo, não como aceitamos qualquer coisa que se nos dê. Por sua própria vontade, acolheu-o, e nenhum banho purificador pode eliminar esse fato. Pois ela saiu das águas com o mesmo traseiro atraente com que entrou.

— Não devias falar de tal modo grosseiro — repreendeu-o Shridaman com ardor. — Trata-se de uma criatura delicada, santa. Inegavelmente te enfronhaste um pouco no conhecimento do ser, mas a maneira como o apresentas é muito rude, te digo, e o uso que dele fazes demonstra que não és digno daquele espetáculo. Pois, na nossa situação, dependia tudo de uma conduta que nos tornasse dignos dele e do espírito com que o contemplássemos.

Nanda ouviu com perfeita modéstia esse discurso desaprovador. Tratando o amigo de *Dau-ji*, irmão mais velho, pediu:

— Ensina-me então com que espírito a contemplaste e como eu deveria ter agido!

— Olha — disse Shridaman —, todos os seres têm duas espécies de existência: uma para si mesmos e outra para os olhos alheios. Existem e são visíveis, são alma e imagem, e sempre será pecaminoso deixar-se influenciar unicamente pela imagem, sem se preocupar com a alma. Cumpre vencer a repugnância que a imagem de um mendigo leproso provoca em nós. Não devemos aferrar-nos a ela, tal como atua sobre nossos olhos e os demais sentidos. Pois esse efeito ainda não é a realidade. Devemos, por assim dizer, ultrapassar a intenção, a fim de obtermos a compreensão que todos os fenômenos têm o direito de pretender. Pois são mais do que apenas fenômenos, e sua essência e sua alma devem ser descobertas atrás da imagem. Porém não basta não nos obstinarmos no asco produzido pelo aspecto da miséria. Tampouco — e menos ainda — devemos agarrar-nos ao prazer que nos causa a visão da beleza, já que também esta é mais do que apenas imagem, embora a tentação dos sentidos dispostos a aceitá-la somente como tal seja talvez ainda maior do que no caso do espetáculo asqueroso. Pois, aparentemente, o belo nada exige da nossa consciência e não requer que compreendamos a sua alma, ao contrário do que faz a imagem do mendigo, justamente por causa da sua fealdade. E todavia tornamo-nos igualmente culpados se só nos regozijamos da aparência daquele, sem indagarmos do seu ser. Parece-me até que nossa culpabilidade, com relação a ele, fica ainda maior, quando nós o enxergamos, sem que nos veja. Quero que saibas, Nanda, que foi para mim um verdadeiro alívio ouvir de ti o nome daquela que observávamos, Sita, filha de Sumantra. Pois assim, vim a possuir e conhecer eu algo que é mais do que a mera imagem, porquanto o nome é uma parcela do ser e da alma. Mais satisfeito ainda fiquei quando me comunicaste que se trata de uma donzela recatada, já que isso significava para mim atravessar a imagem e alcançar a compreensão de sua alma. Mas quanto ao fato de ela alongar os olhos, quais pétalas de lótus, e arrebicar um pouco as pestanas, isso se refere tão somente aos costumes e nada tem que ver com a moral. Ela o faz bem inocentemente, e seu recato conforma-se com as convenções. Ora, também a beleza tem obrigações para com a sua imagem, e talvez, ao cumpri-las, tencione apenas intensificar em nós o desejo de andar à procura de sua alma. Folgo em pensar que ela tem em Sumantra um pai honrado, e também uma mãe diligente, que a criaram na virtude. Imagino sua vida e suas atividades caseiras. Vejo-a a triturar o trigo na mó, a preparar o mingau no fogão, ou a tecer finas fazendas de lã. Pois todo o meu coração, depois de ter incorrido na culpa de a ter espiado, almeja conseguir que a imagem se transforme numa pessoa.

— Posso compreender isso — respondeu Nanda. — Mas deves considerar que em mim tal desejo não pode ser tão intenso, já que eu a balancei em direção ao Sol e por isso ela se tornou mais real aos meus olhos.

— Por demais real — replicou Shridaman, cuja voz, no decorrer dessa conversa, pusera-se a tremular levemente. — Por demais real, evidentemente, uma vez que aquela familiaridade te foi permitida. E abstenho-me de julgar se por mérito ou imerecidamente, porquanto a deves a teus braços vigorosos e à robustez de teu corpo em geral, mas não à tua cabeça e aos teus pensamentos. Essa familiaridade parece ter feito dela no teu espírito um ente inteiramente material, embotando em ti a percepção do significado mais sublime de tal aparição. Do contrário, não terias falado com tão imperdoável grosseria acerca das lindas formas que ela assumiu. Não sabes então que em todos os vultos femininos, em crianças, virgens, mães e anciãs, esconde-se *Ela*, a que dá todos à luz, que alimenta a todos, Sakti, a grande Deusa, de cujo ventre tudo provém e a cujo ventre tudo retorna? Ignoras, acaso, que nos cumpre honrá-la e admirá-la em todas as manifestações que trazem seu sinal? Ela se nos revelou aqui na beirada do riacho Mosca Dourada sob a sua aparência mais cheia de graça. Não deveríamos então ficar profundamente emocionados em face de tal revelação, tão emocionados que de fato, como eu mesmo não deixo de notar, a voz me treme um pouquinho, embora em parte isso talvez seja consequência do desgosto que me causou teu modo de falar?

— Tuas faces e tua testa também ficaram rubras, como que tostadas pelo sol — disse Nanda —, e tua voz, embora trêmula, é mais sonora do que habitualmente. Posso te assegurar, no entanto, que também eu, a meu modo, fiquei bastante impressionado.

— Então não compreendo — retrucou Shridaman — como podes proferir palavras tão inadequadas e censurar-lhe o seu belo aspecto pelo qual perturba as pessoas e faz com que percam o fôlego da consciência. Isso significa julgar as coisas com inadmissível parcialidade e mostrar-se totalmente destituído da genuína e real essência d'Aquela que se nos revelou na mais encantadora das imagens. Pois Ela é tudo e não apenas um: vida e morte, desvario e sabedoria, bruxa e libertadora! Ignoravas isso? Sabes tão somente que Ela fascina e enfeitiça a turba das criaturas, e não sabes também que as conduz para além das trevas da confusão, rumo ao conhecimento da verdade? Então sabes muito pouco e não te inteiraste de um grande mistério que, de fato, é bastante inacessível: a própria ebriedade com que nos atordoa se confunde com o entusiasmo que nos leva à verdade e à liberdade! Pois, em resumo, o que nos cativa também nos liberta, e o entusiasmo une o espírito e a beleza material.

Os olhos negros de Nanda cintilavam de lágrimas, uma vez que ele se comovia facilmente e mal podia ouvir linguagem metafísica sem chorar; sobretudo naquele momento em que a voz de Shridaman, normalmente fraquinha, tornara-se tão cheia e insinuante. Por isso, fungava um pouco, como que num soluço, pelo nariz de cabra, quando respondia:

— Com que solenidade me falas hoje, *Dau-ji*! Acho que nunca te ouvi falar assim. Isso me enternece muito. Eu deveria pedir que não continuasses, justamente por causa da emoção que me causas. Não obstante, te rogo que prossigas tratando do cativeiro e do espírito e d'Aquela que tudo abrange!

— Estás percebendo — tornou Shridaman, arrebatado — o significado d'Ela, que produz não só loucura, mas também sabedoria. Se minhas palavras te emocionam é porque Ela é a senhora do verbo fluente. Este, porém, confunde-se com a sabedoria de Brama. Cumpre-nos reconhecer a Sublime na sua duplicidade. Pois Ela é Iracunda negra, horripilante, que bebe de taças fumegantes o sangue das vítimas, mas, ao mesmo tempo, é majestosa, cheia de graça, fonte de todos os seres, e abriga carinhosamente todas as formas da vida em seu seio maternal. É a grande *Maya* de Vishnu e o acalenta em seus braços, enquanto Ele sonha, abrangido por Ela. Nós, porém, sonhamos, por Ele abrangidos. Muitas águas desembocam no eterno Ganges, mas este se lança ao oceano. Assim, nós nos fundimos na divindade de Vishnu, o Sonhador dos mundos, que, por sua vez, arremessa-se ao mar da Mãe. Olha, nós chegamos ao sítio onde emboca o sonho de nossa vida, num lugar de banhos sagrados, e lá se nos revelou a Mãe Universal, a Devoradora de todos, em cujo regaço nos banhamos. Apareceu sob a sua forma mais encantadora, para perturbar-nos e inflamar-nos, provavelmente para recompensar-nos, porque prestamos homenagem a seu emblema procriativo e despejamos água sobre ele. *Lingam* e *Yoni*, não há na vida símbolo mais importante nem hora mais grandiosa do que o momento em que o eleito com sua *sakti* dá a volta ao redor do fogo nupcial, as mãos unidas por grinaldas de flores, e profere as palavras: "Recebi-a!". Quando ela lhe é entregue pelos pais, e ele pronuncia a frase régia: "Eu sou isto, tu és aquilo; eu o céu, tu a terra; eu a melodia da canção, tu a letra; assim empreendamos juntos a jornada!". Quando celebram o encontro, já não criaturas humanas, já não este ou aquela, mas sim o grande par, ele Siva, ela Durgâ, a augusta Deusa; quando se tornam delirantes as palavras que lhes saem da boca e já não são *suas*, senão balbucios brotados de abismos de êxtase, até desfalecerem na suprema ventura do enlace, atingindo a vida insuperável. Essa é a hora sagrada que nos imerge na sabedoria, e ao seio da Mãe nos propicia redenção das ilusões do eu. Pois, assim como no entusiasmo se fundem a beleza e o espírito, assim se reúnem no amor a vida e a morte.

Nanda ficou totalmente fascinado por esse discurso metafísico.

— Vejam só — disse, meneando a cabeça, enquanto as lágrimas lhe transbordavam dos olhos — como te favorece a Deusa da Fala e te brinda com a sabedoria de Brama. É quase intolerável, e todavia me dá vontade de ouvir-te indefinidamente. Se eu fosse capaz de cantar e dizer uma quinta parte daquilo que tua cabeça concebe, amaria e honraria a mim mesmo em todos os meus membros. É por isso que tu me és tão indispensável, irmão mais velho. Pois tu tens o que não tenho e és meu amigo, de modo que quase parece que eu o tenha também. Por ser teu companheiro cabe-me parte de ti, e assim sou um pouco Shridaman. Porém sem ti seria apenas Nanda, e isso não me bastaria. Digo com toda a franqueza: eu não poderia sobreviver nenhum instante à separação de ti. Mandaria logo preparar para mim a fogueira funerária e me queimaria. Não direi mais nada. Toma isto, antes de partirmos.

Revolveu o seu alforje com as mãos escuras, cheias de anéis, e retirou dele um rolo de bétele, que é agradável mascar após a refeição, a fim de propiciar à boca um suave perfume. Desviando o rosto banhado em lágrimas, entregou-o a Shridaman. Pois é isso o que se dá de presente como sinal e selo de amizade e pacto mútuo.

IV.

Assim continuaram a viagem, cada qual se dedicando a seus negócios, que os obrigavam a separar-se por algum tempo. Pois quando alcançaram o rio Djamna, cheio de veleiros, e avistaram no horizonte os contornos urbanos de Kuruksheta, cabia a Shridaman prosseguir por uma larga estrada repleta de carros de boi, a fim de descobrir nas abarrotadas vielas da cidade a casa do homem do qual obteria os gravetos e os pilões de triturar arroz. Nanda, porém, precisava enveredar num estreito atalho que saía da estrada e conduzia às choupanas da gente de baixa casta, que poderia fornecer-lhe aquele minério de ferro para a oficina do pai. Na despedida, os amigos abençoaram-se mutuamente e combinaram reencontrar-se nessa mesma bifurcação, no terceiro dia, a determinada hora, após a conclusão de suas tarefas. Juntos, assim como tinham vindo, regressariam então a seus lares.

Mas, depois que o sol nascera três vezes, Nanda teve que esperar um pouco no lugar da separação e do encontro, em companhia do burrinho cinzento, que adquirira da gente de baixa casta e carregara com o minério obtido. Shridaman chegou um tanto atrasado, e quando finalmente aparecia na estrada, com o fardo de mercadoria às costas, seus passos eram lerdos e arrastados. Tinha as faces encovadas sob o leque da barba sedosa, e os olhos entristecidos. Não manifestou alegria alguma ao rever o amigo, não mudando de comportamento nem sequer quando este pressurosamente o livrou da carga e juntou-a à outra sobre o jumento. Abatido e desanimado como antes, caminhava ao lado de Nanda, limitando suas palavras a um lacônico "sim, sim", até mesmo quando deveria ter dito "não, não". Também disse "não" às vezes, mas infelizmente quando a ocasião requeria um "sim", por exemplo à hora do descanso restaurador. Foi quando Shridaman declarou que não queria nem podia comer coisa alguma, e interrogado, acrescentou que tampouco poderia dormir.

Tudo parecia indicar qualquer doença, e quando, na segunda noite de retorno, sob a luz das estrelas, o preocupado Nanda conseguiu fazer com que o amigo se abrisse um pouquinho, este não apenas admitiu estar enfermo, senão explicou em voz embargada que se tratava de uma enfermidade incurável, uma enfermidade fatal, de tal natureza que não só devia mas também almejava morrer. No seu caso, confessou, confundiam-se de modo inextricável a necessidade e a ânsia da morte, formando um imperioso desejo, no qual querer e dever resultavam inevitavelmente um do outro.

— Se tua amizade é sincera — disse a Nanda, sempre naquela voz abafada e todavia vibrante de feroz agitação —, presta-me o derradeiro obséquio carinhoso de preparar-me a cabana de lenha, para que me sente nela e as chamas me consumam. Pois uma doença que não tem cura abrasa-me no meu íntimo com tamanhos tormentos que, comparado com eles, o calor do fogo há de parecer-me um bálsamo aliviador e um repousante banho em águas sagradas.

"Oh, deuses supremos, que lhe aconteceu?!", pensou Nanda ao ouvir isso. Cumpre, no entanto, constatar que, sem embargo do nariz de cabra e do físico avantajado, que o colocavam a meio entre as pessoas de baixa casta, das quais adquirira o minério, e Shridaman, neto de brâmanes, ele se mostrava à altura da situação difícil e não perdia a cabeça em face do estado mórbido do amigo. Pelo contrário, aproveitou a superioridade de que o não doente desfruta em confronto com o enfermo, e pondo-a lealmente a serviço deste, soube falar-lhe compreensiva e sisudamente, sempre reprimindo seu assombro.

— Podes ter certeza — disse — que, se realmente se verificar a incurabilidade de tua doença, da qual, em face de tua afirmação, não posso duvidar, não hesitarei em executar tuas determinações e construirei para ti a cabana de lenha. Até mesmo a farei bastante grande para que eu, depois de acendê-la, encontre meu lugar a teu lado. Pois não tenciono sobreviver nem uma hora à separação de ti e me entregarei às chamas junto contigo. Mas, justamente por isso e porque o assunto me atinge tão de perto, dize-me antes de mais nada o que te aflige e me revela o nome de tua doença, ainda que o faças apenas para convencer-me de sua incurabilidade. Então, prepararei a nossa incineração comum. Deves convir que minhas palavras são justas e sensatas, e se eu, com

31

minha limitada inteligência, percebo seu acerto, quanto mais tu, o mais sábio, não terás de aprová-las. Se me pusesse em teu lugar e tentasse por um instante servir-me de tua cabeça para pensar, como se a tivesse sobre os meus ombros, não poderia deixar de consentir comigo em que minha — quero dizer: tua — convicção da incurabilidade de tua moléstia necessita do exame e da confirmação por outrem, antes que tomemos decisões tão graves como as que pretendes. Fala, portanto!

Por muito tempo, o Shridaman de faces encovadas recusou-se a fazer qualquer confidência. Declarou apenas que a fatalidade mortífera de seu mal não carecia nem ser comprovada nem discutida. Finalmente, porém, depois de muita insistência, aquiesceu, e deitando a mão sobre os olhos, para não encarar o amigo, confessou o seguinte:

— Desde que nós dois, no sítio dos banhos sagrados da *devi*, espiamos aquela donzela desnuda e todavia virtuosa, a mesma que tu outrora balançaste em direção ao Sol, Sita, filha de Sumantra, desde então fixou-se em minha alma o germe de um sofrimento, que provém de sua nudez tanto como de sua virtude, tendo sua origem na combinação de ambas. Ele cresceu, de hora em hora, a ponto de penetrar-me todos os membros até as mais íntimas ramificações; consumiu minhas energias mentais; privou-me do sono e do apetite e, lenta mas implacavelmente, me destrói.

Continuou explicando que esse seu sofrimento o levaria à morte, sem nenhuma esperança, porque a cura, a saber a satisfação dos desejos baseados na beleza e na pudicícia da moça, era tão inconcebível, tão inimaginável e, em suma, tão extravagante que iria muito além daquilo que cabe a um ser humano. Obviamente, um homem que andasse acossado pelo anelo de uma felicidade à qual nenhum mortal mas tão somente um deus podia aspirar, e a considerasse essencial para sua sobrevivência, estaria fadado a perecer. — Se eu — concluiu Shridaman — não conseguir obter Sita, a de tez deslumbrante, com seus olhos de perdiz e suas maravilhosas cadeiras, então, por si só se diluirão minhas energias vitais. Por isso, prepara-me a cabana da fogueira, pois unicamente nas chamas encontra-se a redenção do conflito entre o humano e o divino. Dói-me que queiras acompanhar-me, por causa de tua juventude e teu caráter jovial, determinado pela mecha do "Bezerro da boa sorte". Mas, por outro lado, aprovo a tua intenção, pois a ideia de que a balançaste contribui grandemente para a ardência de minha alma, e eu não gostaria de deixar sobre a terra aquele que gozou de tal privilégio.

Após ter ouvido essas palavras de Shridaman, Nanda desatou a rir sem parar, e sua interminável gargalhada causou imenso espanto ao amigo, que se conservava sombrio, sem compreender nada.

— Apaixonado! — gritou Nanda. — Apaixonado, apaixonado! Nada mais do que isso! Então é esta a moléstia fatal! Parece piada! Que brincadeira!

E enquanto alternadamente abraçava a Shridaman e dançava aos pulos a seu redor, pôs-se a cantar:

O sabichão, o sabichão
Vivia dignamente,
Mas seu siso foi-se então
Embora de repente.

Duma garota o belo olhar
Endoida o coitadinho.
Ele começa a desvairar
que nem um macaquinho.

Em seguida, voltou a prorromper numa estrondosa risada, batendo nos joelhos com ambas as mãos.

— Shridaman, meu mano — exclamou —, como me sinto feliz por saber que não se trata de coisa pior e que disseste esses disparates acerca da fogueira apenas porque a choupana de palha de teu coração pegou fogo! A pequena feiticeira demorou-se em demasia na trilha de teus olhos. Eis que Kama, o Deus do Arco Florido, te feriu com sua flecha. Pois aquilo que tomávamos pelo zumbido das abelhas era a vibração da corda, e quem te vitimou é Rati, a irmã da primavera e do gozo do amor. Ora, tudo isso é bem normal, é divertido e corriqueiro, e não ultrapassa em absoluto o que é próprio do homem. Pois se a ti parece que unicamente um deus pode pensar na realização de desejos iguais aos teus, isso tem sua razão no extremo fervor desses desejos e no fato de eles terem sido inspirados por um deus, isto é, por Kama, o que todavia não quer dizer que só convenham a ele, mas apenas que ele os fez nascer em ti. Não é por falta de compreensão, senão simplesmente para refrigerar um pouco teus sentidos efervescentes em virtude do amor que te digo que te excedes muito na avaliação de tua meta, opinando que só deuses e não seres humanos podem pretender alcançá-la, embora não haja nada mais humano e mais natural do que teu almejo de deitar tua semente naquele sulco. — (Assim se expressou porque Sita significa "sulco".) — Mas a ti — continuou — aplica-se realmente o adágio: "De dia, a coruja é cega, e a gralha, de noite. Mas aqueles que o amor obceca não conhecem nem luz nem escuridão". Cito esse provérbio para ti, para que te reconheças nele e te lembres que a Sita da Sede dos Touros Gibosos não é nenhuma deusa, ainda que talvez assim te parecesse, quando a vias desnuda no lugar sagrado dos banhos de Durgâ, mas somente uma moça totalmente normal, embora extraordinariamente bonita, uma moça que tritura trigo, prepara mingaus e fia lã, que tem pais que são como toda a gente, se bem que Sumantra, seu progenitor, possa vangloriar-se de uma pitada de sangue de guerreiro nas veias, por demais remota para que tenha grande importância! Numa palavra, são pessoas acessíveis, e de que te serviria um amigo como o teu Nanda, senão para apressar-se em solucionar esse assunto bem corriqueiro e perfeitamente exequível, de modo que possas alcançar tua felicidade? Pois então, que me dizes, bobalhão? Ao invés de preparar-nos a cabana da fogueira, onde eu queria instalar-me a teu lado, vou te ajudar a construir a casa nupcial onde deverás morar em companhia da bela cadeiruda.

— Nas tuas palavras — respondeu Shridaman, depois de um momento de silêncio — houve muita coisa ofensiva, mesmo fazendo abstração dos versinhos que cantaste. Porque é ofensivo qualificar de banal e comum os meus angustiados desejos, se bem que eles ultrapassem as minhas forças e estejam a ponto de partir-me o coração. Um anelo que é mais forte do que nós, quer dizer, por demais avassalador para que o possamos suportar, deve com toda a razão ser chamado inconveniente à criatura mortal e próprio unicamente a um deus. Sei, porém, que tuas intenções são boas e que gostarias de consolar-me. Por isso, te perdoo e não levo a mal o jeito vulgar e ignorante com que te referiste à minha moléstia fatal. Não só te perdoo, como também admito que tuas palavras finais, com as quais pretendias acreditar numa possibilidade que me delineaste, já conseguiram fazer com que meu coração antes entregue à morte voltasse a pulsar nova e violentamente. Para isso bastou a imaginação de uma simples possibilidade e de uma esperança que ainda não sou capaz de nutrir. É bem verdade que por momentos sinto que terceiros não atingidos como eu e cuja situação seja diferente talvez julguem a minha com maior clareza e acerto. Mas, em seguida, desconfio de qualquer opinião diversa e creio exclusivamente na que me indica a morte. É até sumamente provável que a divina Sita já tenha sido prometida em casamento na sua infância, de maneira que, em breve, terá de unir-se ao noivo, que se criou junto com ela. Essa ideia causa-me um suplício tão horrivelmente abrasador que nada me resta a não ser a fuga para o refrigério da cabana funerária.

Mas Nanda jurou pela sua amizade que tal receio era totalmente infundado: Sita não estava comprometida por nenhum casamento de crianças. Sumantra, seu pai, opusera-se a ele, principalmente porque não queria vê-la exposta à ignomínia da viuvez, se o marido-menino morresse prematuramente. Ela nem sequer poderia ter sido eleita para virgem do Sol, se houvesse sido noiva. Não, Sita era livre e disponível e, com a estimável casta de Shridaman, a situação de sua família e seus bons conhecimentos dos Vedas, apenas se necessitava que ele encarregasse formalmente o amigo de incumbir-se da tarefa e entabular as negociações entre as duas famílias. Desse modo, o resultado promissor estaria quase garantido.

A menção do episódio do balanço provocara numa das faces de Shridaman um tremor doloroso. Contudo, mostrou-se grato ao amigo pela presteza obsequiosa, e a pouco e pouco o sadio raciocínio de Nanda levou Shridaman a abandonar o desejo de morrer e a crer que a possibilidade de abraçar Sita como noiva não ficava fora dos limites do realizável e do conveniente a uma criatura humana. Verdade é que prosseguia insistindo em que Nanda lhe erguesse com os fortes braços a cabana funerária, se o pedido de casamento malograsse. O filho de Garga prometeu-lhe tudo com palavras tranquilizadoras e sobretudo combinou com ele todos os detalhes do cerimonioso procedimento de um casamenteiro, durante o qual o pretendente deveria permanecer totalmente ausente, apenas aguardando o desfecho feliz. Caberia, pois, a Nanda expor a Bhavabhuti, pai de Shridaman, os propósitos do filho e induzi-lo a entrar em entendimento com os pais da donzela. A seguir, Nanda, como representante do pretendente, deveria encaminhar-se à Sede dos Touros Gibosos, a fim de solicitar a mão da eleita e, no papel de amigo, promover a aproximação do casal.

Dito e feito. Bhavabhuti, o *vanidja* de estirpe brâmane, regozijou-se com as informações que lhe deu o confidente do filho. Sumantra, o criador de gado, de sangue guerreiro, não ficou descontente com a proposta que lhe foi submetida e os valiosos presentes que a acompanhavam. Na casa da futura noiva, Nanda cantou loas ao amigo em palavras simples, mas convincentes. Igualmente auspiciosa decorreu a visita que, em retribuição, os pais de Sita fizeram a Bem-Estar das Vacas, onde se convenceram da honradez do pretendente. Entre démarches e cortesias dessa espécie, passaram os dias, enquanto Sita de longe aprendia a ver em Shridaman, filho de negociante, seu futuro senhor e marido. Redigiu-se o contrato de casamento, e a assinatura foi celebrada com um generoso festim e a troca de dádivas de bom augúrio. Aproximava-se o dia do enlace, cuidadosamente escolhido por conselheiros versados em astrologia, e Nanda, que sabia que esse dia não deixaria de amanhecer — apesar do fato de tratar-se da data marcada para a união de Sita e Shridaman, o que impedia a este de acreditar que jamais ele chegaria —, corria de cá para lá, na sua função de casamenteiro, a fim de convidar parentes e amigos para as bodas. Quando, no pátio interno da casa da família da noiva, sob a leitura de orações pronunciadas pelo brâmane da casa, empilhavam um monte de estrume de vaca para a fogueira nupcial, era mais uma vez Nanda com seus vigorosos braços quem tomava a si a maior parte do trabalho.

Assim chegou o dia em que Sita, a donzela de lindos membros, untou o corpo de sândalo, cânfora e óleo de coco, adornou-se de joias, vestiu um corpete enfeitado de lantejoulas e uma saia enrolada, e com a cabeça envolta numa nuvem de véus, avistou pela primeira vez o noivo que lhe fora destinado (ao passo que este, como se sabe, já a vira antes). Também pela primeira vez chamou-o pelo nome. Na verdade, essa hora demorara bastante, mas finalmente se converteu em presente, quando ele pronunciou as palavras: "Ela me foi entregue". A seguir, Shridaman, por entre oferendas de arroz e manteiga, recebeu-a das mãos dos pais, dando a si a denominação de "céu" e a ela a de "terra", a si a de "melodia" e a ela a de "letra". Acompanhado pelo canto e o aplauso das mulheres, fez com Sita três vezes a volta ao redor da chamejante fogueira. Depois, num carro puxado por uma parelha de touros brancos, levou-a para a sua aldeia e o regaço de sua mãe.

Lá, houve ainda outros ritos destinados a selar a boa sorte. Novamente os noivos caminharam em volta da fogueira. Ele ofereceu a ela cana-de-açúcar. Deixou a aliança cair-lhe no colo. Rodeados de parentes e amigos, ambos sentaram-se para o banquete nupcial. Mas, após terem comido e bebido, após a aspersão de óleo de rosas e água do Ganges, foram conduzidos por todos à alcova, na qual puseram o nome de "Aposento do Casal Feliz". Ali, já estava preparado para os dois o leito juncado de flores. Entre beijos, gracejos e lágrimas, todos se despediram. Nanda, que ininterruptamente se conservara ao lado dos noivos, permaneceu no limiar da porta até o último instante.

V.

Oxalá os que ouvem esta história, talvez iludidos por seu desenrolar até agora ameno, não caiam na armadilha de uma interpretação errônea de seu verdadeiro caráter! Durante o momento de silêncio que interrompeu a narrativa, esta desviou seu rosto, e quando tornar a mostrá-lo, já não será a mesma: sua fisionomia ter-se-á transformado numa horripilante máscara de semblante assustador, terrível, que petrifica e provoca aloucados atos de autossacrifício. Assim Shridaman, Nanda e Sita viram-no durante a viagem que... Mas contemos isso na ordem cronológica.

Seis meses tinham decorrido desde que a mãe de Shridaman acolhera a bela Sita em seu regaço e esta concedera a plenitude do gozo dos prazeres conjugais ao marido de nariz afilado. Passara o abafado verão, e também se aproximava de seu fim a época das chuvas, que cobre o céu de um sem-número de nuvens e a terra de viçosos brotos. Límpida era a cúpula do firmamento, e o lótus outonal já florescia, quando os recém-casados, após uma conversa com Nanda e tendo obtido o consentimento dos pais de Shridaman, resolveram empreender uma viagem, a fim de visitarem os progenitores de Sita, que não tinham visto a filha desde que esta conhecera o esposo, e desejavam verificar pessoalmente que a vida matrimonial lhe fora propícia. Ainda que Sita tivesse constatado recentemente que a aguardavam as alegrias da maternidade, arriscaram a jornada, que não seria longa nem muito fatigante na estação menos quente do ano.

Viajaram numa carroça coberta, vedada por cortinas e puxada por um boi da raça zebu e um camelo. O amigo Nanda, servindo de cocheiro, ia sentado à frente do casal, o pequeno gorro obliquamente na cabeça, as pernas bamboleando. Parecia por demais atento ao caminho para que pudesse virar-se frequentemente e conversar com seus passageiros. De tempo em tempo, dirigia-se aos animais e às vezes se punha a cantar uma cançãozinha em tom alto e claro, mas cada vez que o fazia, a voz surdinava, convertendo-se, logo depois dos primeiros compassos, num murmurado "arre" ou "toca". Mas seu repentino canto, como que saído de um peito angustiado, era um tanto alarmante, e esse seu jeito de abafar rapidamente a voz tampouco deixava de ser espantoso.

Sentados atrás dele, os esposos conservavam-se silenciosos. Uma vez que Nanda estava bem à sua frente, os olhares de ambos, quando não os dirigiam para os lados, tinham que se fixar na nuca do amigo. É o que faziam ocasionalmente os olhos da jovem mulher, levantando-se devagar da contemplação de seu colo, para a ele voltarem depois de um brevíssimo momento. Shridaman, desviando-se totalmente dessa vista, preferia voltar o rosto para as cortinas de lona. Teria gostado de assumir o lugar de Nanda e conduzir a parelha, a fim de não ter, como a esposa, a visão das espáduas trigueiras, da espinha dorsal e das flexíveis omoplatas. Mas isso seria inconveniente também, porquanto tal arranjo, que lhe traria alívio, não deixaria de ser igualmente inadequado. Assim, calados, avançavam pela estrada, e todavia ia acelerada a sua respiração, como se corressem. No branco de seus olhos apareciam veias rubras, o que é sempre mau sinal. Um homem clarividente provavelmente perceberia a sombra de asas negras a pairar por cima das cabeças do trio.

De preferência viajavam nas trevas da noite, antes do amanhecer, como costumam fazer os que querem evitar o opressivo calor do sol do dia claro. Eles, porém, tinham motivos especiais para agir assim. Já que nas suas almas reinava muito desnorteamento e a escuridão o propicia, aproveitaram, inconscientemente, a desorientação de seu íntimo, para projetá-la ao ambiente. Desse modo, perderam a direção, uma vez que Nanda omitiu de conduzir o boi e o camelo pelo atalho que, separando-se da estrada, ia levá-los à aldeia natal de Sita. Sem luar, guiando-se apenas pelas estrelas, entrou numa vereda errada, e esta, pouco tempo depois, cessou de ser um autêntico caminho, convertendo-se apenas numa clareira ilusória, rodeada de árvores isoladas ao começo, mas em seguida cada vez mais numerosas, até que os cercaram inteiramente e eles já não avistaram mais nada da vereda que haviam trilhado e poderiam usar para a volta.

Era impossível passarem com seu veículo entre os troncos que os circundavam, sobre o chão fofo do bosque. Admitiram ter perdido o rumo, sem, contudo, notarem que a situação estava de acordo com a peculiar confusão de seus espíritos. Pois Shridaman e Sita, instalados atrás do cocheiro Nanda, absolutamente não tinham dormido, senão consentido, de olhos abertos, em que os levasse pelo atalho errado. Somente lhes restava acender um fogo, que os protegesse contra animais selvagens e lhes possibilitasse aguardarem com maior segurança o nascer do sol.

Quando a luz do dia começava a iluminar a floresta, percorreram os arredores em todas as direções. Desarrearam a parelha, para que os animais pudessem andar um atrás do outro, e com grande esforço empurraram a carroça de cá para lá, por onde o arvoredo de tecas e sândalos permitia passagem. Alcançaram a beira do jângal, onde se abria um desfiladeiro a rigor transitável, que, segundo a declaração categórica de Nanda, ia conduzi-los ao caminho certo.

Seguindo aos solavancos pela estreita garganta, chegaram a um templo embutido na própria rocha. Reconheceram-no como um santuário da *devi*, a inacessível, sinistra Durgâ, a tenebrosa Mãe Kali, e obedecendo a um impulso de seu coração, Shridaman manifestou o desejo de apear-se e de prestar homenagem à Deusa.

— Quero apenas contemplá-la e rezar. Voltarei dentro de poucos minutos — disse aos companheiros. — Esperem um momento.

Desceu da carroça e galgou os toscos degraus do templo.

O santuário não era mais imponente do que aquele lar da Mãe nas proximidades do retirado sítio de banhos rituais à beira do riacho Mosca Dourada. Mas as colunas e as esculturas tinham sido talhadas na pedra com extrema piedade. O rústico penhasco quase que esmagava o portão sustentado por pilares onde leopardos, de fauces abertas, montavam guarda. À direita e à esquerda, como também ladeando o interior da entrada, imagens pintadas estavam esculpidas na superfície da rocha: visões da vida em suas encarnações, ajuntadas em completa promiscuidade de ossos, pele, nervos e medula, de esperma, suor, lágrimas e pus, de urina, fezes e fel, cheias de paixões, cólera, loucura, cobiça, inveja e temor, afligidas pela separação de entes queridos, pela forçada união a desafetos, por fome, sede, velhice, mágoas e morte, percorridas pelo inesgotável fluxo de uma corrente de sangue doce e quente, gozando e sofrendo sob mil figuras, entredevorando-se em trepidante formigueiro e transmutando-se incessantemente, de modo que, nesse fluente, transbordante sem-número de vultos humanos, divinos, animalescos, a tromba de um elefante parecia servir de braço a um homem, enquanto a cabeça de um javali substituía uma de mulher.

Shridaman não prestou atenção a essas imagens ou pensava não as perceber. Mas, quando passava por entre elas e seus olhos estriados de vermelho as vislumbravam, sua alma foi mesmo assim invadida por seu aspecto, que nele provocava sentimentos de vertigem, ternura e compaixão, preparando-o para a contemplação da Mãe.

No recinto pétreo, apenas iluminado por raios que penetravam as fendas da montanha, reinava penumbra. Inicialmente Shridaman atravessou o salão de audiências, antes de chegar ao vestíbulo contíguo, de teto mais baixo. Uns degraus desciam até uma porta, atrás da qual se abria o âmago do templo, o regaço da Grande Mãe.

Ao pé da escada, Shridaman estremeceu. Recuou, estonteado, as mãos apoiadas nos dois lingas que flanqueavam a porta. A imagem de Kali era horripilante. Traíam-no seus olhos congestionados, ou nunca antes, em parte alguma, avistara ele a deusa irada sob tal forma triunfante, hedionda? Rodeado por uma moldura de caveiras, mãos e pernas decepadas, o ídolo colorido salientava-se da parede rochosa. As cores brilhantes absorviam e devolviam num jato violento toda a luz do ambiente. Uma coroa resplandecente adornava a deusa, enfeitada e cingida de ossos e membros de vítimas imoladas. Numa roda turbilhonante, giravam os dezoito braços. A Mãe brandia tochas e espadas. Sangue quente fumegava no crânio que uma das mãos levava à boca. Poças de sangue estendiam-se a seus pés. O vulto terrível quedava-se num barco a flutuar sobre o mar da vida, como num oceano de sangue. Mas o cheiro real de sangue insinuava-se no afilado nariz de Shridaman; esse adocicado, choco fedor, que pairava no ar estagnado da caverna, convertida num matadouro subterrâneo, em cujo chão profundos regos viscosos haviam sido abertos, para receberem a seiva vital de animais abatidos. Cabeças de alguns deles, quatro ou cinco, de búfalos, cabras e porcos, os olhos arregalados, vidrados, estavam colocadas em cima do altar, formando uma pirâmide diante da imagem da Inelutável. A espada que servira para degolar as vítimas oferendadas jazia nos ladrilhos a seu lado, afiada, brilhante, embora manchada de sangue ressequido.

Shridaman cravou os olhos no rosto feroz, implacável daquela que exige sacrifícios e traz consigo a morte, enquanto confere a vida. De momento a momento crescia seu horror, transformando-se em alucinação. O remoinho dos braços fez com que também seu espírito começasse a turbilhonar. Com os punhos cerrados, apertou o peito ofegante. Monstruosos tremores, frios e quentes, sacudiam-no, um após outro, impeliam-no a um ato extremo, àquele atentado contra si mesmo, que o levasse à matriz eterna, e lhe abalavam o occipício, o fundo do coração, o sexo dolorosamente assanhado. Rezavam seus lábios já exangues:

— Ó tu, que não tens princípio e já existias antes de qualquer criação! Mãe sem homem, cujas vestes mão alguma levanta! Tu que terrífica e prazerosamente tudo abranges, que tornas a absorver quaisquer mundos e imagens que de ti brotaram! Com a imolação de muitos seres vivos, o povo te honra, pois a ti cabem o sangue e a vida de todos. Certamente obterei eu tua misericórdia para minha salvação, se me imolar a mim mesmo diante de ti! Sei muito bem que nem assim escaparei da vida, por mais que o deseje. Mas permite que eu volte a ti pela porta do ventre materno, a fim de que me liberte desse eu e deixe de ser Shridaman, ao qual todo gozo apenas causa perplexidade, porque não é ele quem o propicia.

Após ter proferido essas palavras obscuras, ergueu a espada do chão e decepou a própria cabeça do tronco.

Isso foi dito rapidamente, e não menos rapidamente foi feito. Mas neste ponto da história o narrador tem um único desejo: que o ouvinte não aceite o evento com irrefletida indiferença, como algo costumeiro e natural, somente porque ele nos foi transmitido assim e nos relatos aparece como qualquer coisa comum o fato de pessoas cortarem as próprias cabeças. O caso individual jamais é comum; o mais comum, a cujo respeito se fala e pensa, são o nascimento e a morte; assistam, no entanto, a um parto ou a uma agonia e perguntem à parturiente ou ao moribundo, perguntem a si mesmos, se o que ali acontece é realmente comum! A autodegolação, por mais exemplos que dela se narrem, é um ato quase irrealizável, para cuja perpetração se necessitam enorme arrebatamento e uma medonha fusão de todas as forças vitais, a fim de que a vontade se concentre no único ponto da execução. Que Shridaman, filho de um comerciante brâmane, homem de olhos meigos, pensativos, tenha conseguido cometer tal ato com seus braços pouco robustos não se deve aceitar como uma ocorrência normal e sim como algo assombroso, quase inacreditável.

Basta, contudo, dizer que num fechar e abrir de olhos ele efetuou a cruel imolação, de modo que ali jazia a nobre cabeça com a sedosa barbicha a rodear as faces e acolá o corpo que fora o acessório menos importante da mesma. As duas mãos prosseguiam ainda agarrando a espada com que se sacrificara. Mas do tronco jorrava o sangue aos borbotões, em direção aos sulcos das lajes. Uma vez que o declive era suave, deslizava vagarosamente ao longo das paredes inclinadas até a cova aberta ao pé do altar. Seu curso muito se assemelhava ao do riacho Mosca Dourada, que inicialmente se precipita, qual potro indômito, através da porta de Himavant, mas, em seguida, encaminha-se cada vez mais lentamente à sua foz.

VI.

Saindo do ventre maternal dessa caverna, regressemos aos que estão aguardando lá fora. Não devemos ficar assombrados, quando os encontrarmos formulando perguntas em voz alta a respeito de Shridaman, após terem passado a primeira parte da espera em silêncio. Afinal de contas, ele tencionara apenas fazer uma breve oração. Por que, então, demorava tanto? A bela Sita, sentada na carroça, atrás de Nanda, contemplara por algum tempo alternadamente a nuca dele e o próprio regaço, conservando-se calada, da mesma forma que o amigo, que mantinha voltados para a parelha o nariz de cabra e os populares lábios grossos. Finalmente, porém, começaram ambos a mexer-se, inquietos, nos seus assentos, e daí a alguns minutinhos Nanda virou-se resolutamente para a jovem mulher e perguntou:

— Será que podes imaginar por que ele nos deixa esperar e o que está fazendo lá dentro?

— Não tenho nenhuma ideia, Nanda — respondeu Sita, com a mesma voz suave, vibrante, sonora que ele tanto receara ouvir. Também o chamara, sem necessidade, pelo nome; outra coisa de que Nanda tivera medo. Nesse caso, o nome teria sido dispensável, assim como fora o de Shridaman na pergunta que ele mesmo fizera.

— Há muito — prosseguiu ela — não sei o que pensar, meu caro Nanda, e se tu não te tivesses voltado para mim, a fim de indagar minha opinião, eu, daqui a pouco, teria falado espontaneamente.

Ele sacudiu a cabeça, em parte por estranhar a demora do amigo, em parte também pelo impulso de evitar aquelas palavras supérfluas que ela não cessava de proferir. Pois dizer "voltado" teria sido amplamente suficiente, e o acréscimo de "para mim", embora correto, era desnecessário e até perigoso, sobretudo quando pronunciado em voz meiga, maviosa, um tanto afetada, enquanto aguardavam a volta de Shridaman.

Nanda ficou calado, temendo que ele próprio fosse responder sem naturalidade e talvez chamá-la, por sua vez, pelo nome. Pois sentia-se mesmo tentado a imitar o exemplo dado por ela. Assim aconteceu que Sita, após um breve silêncio, sugerisse:

— Vou te dizer uma coisa, Nanda: tu deverias ir atrás dele e ver o que está fazendo. Se estiver absorto na oração, sacode-o com teus braços vigorosos. Não podemos continuar esperando. Da parte dele, é bastante estranho que nos deixe aqui sentados, perdendo tempo, enquanto o sol sobe cada vez mais. De qualquer jeito, estamos atrasados, porque nos afastamos do caminho, e meus pais certamente começarão a preocupar-se por mim, já que me amam acima de tudo no mundo. Vai, portanto, buscá-lo, Nanda! Tu és mais forte do que ele.

— Pois não, vou buscá-lo — replicou Nanda. — Mas naturalmente por bem. Bastará lembrar-lhe a hora. Aliás, se nos extraviamos, a culpa foi minha, unicamente minha. Eu mesmo já pensara em ir à sua procura. Receava apenas que talvez tivesse medo de aguardar-nos aqui, sozinha. Mas será só por poucos instantes.

Dito isso, apeou da boleia e subiu ao santuário.

Ora, nós sabemos o que ali o esperava! Cumpre-nos acompanhá-lo através da sala de audiência, onde ele ainda não suspeitava de coisa alguma, e pelo vestíbulo, onde igualmente permanecia ignorando tudo, até descer finalmente ao ventre da Mãe. Ali, sim, tropeçou, cambaleou, um grito surdo nos lábios, e só com muito esforço conseguiu segurar-se num dos lingas de pedra, assim como fizera Shridaman. Porém, ao contrário deste, não o fazia por causa do ídolo, que tanto assustara o amigo, causando nele aquela horrenda alucinação. O que o assombrava era o pavoroso espetáculo que se lhe descortinava no chão. Lá jazia o amigo, o semblante cor de cera, a cabeça, com o turbante desfeito, separada do tronco, e o sangue a escorrer por vários caminhos em direção à cova.

O pobre do Nanda tremia que nem orelha de elefante. Cobria as faces com as mãos trigueiras, adornadas de anéis, e sua boca de homem do povo repetia, em voz meio abafada, muitas vezes o nome de Shridaman. Inclinado para a frente, esboçava movimentos desajeitados, estendendo os braços às duas partes do amigo, sem saber qual delas devia acariciar ou abordar, o corpo ou a cabeça. Terminou decidindo-se a favor desta, que sempre fora claramente o essencial. Ajoelhou-se ao lado do pálido vulto, crispando de amargo pranto o rosto de nariz de cabra, e pôs-se a falar com ela, se bem que de quando em quando também deitasse a mão sobre o corpo do amigo e lhe dirigisse a palavra.

— Shridaman, meu caro — soluçou —, que fizeste?! Como chegaste a intentar esse empreendimento tão difícil? Como conseguiste realizá-lo com teus próprios braços e mãos? Não estavas feito para isso! Mas lograste perpetrar o que ninguém esperava de ti! Sempre te admirei por causa de teu espírito, e agora, em toda a minha tristeza, preciso admirar teu corpo também, porque levaste a cabo a mais difícil das proezas! Que se deve ter passado no teu íntimo, para tornar-te capaz disso? Que dança de sacrifício não terão executado em teu peito, de mãos dadas, a generosidade e o desespero, para induzir-te à imolação! Ai, que desgraça, que desgraça! A nobre cabeça decepada do nobre corpo! Ainda se mantém no seu lugar a delicada adiposidade, mas ficou desprovida de sentido, já que inexiste a união com a fina cabeça. Dize-me: sou culpado? Será que tenho culpa, por acaso, de tua façanha, por minha mera existência, embora não por meus atos? Olha, esforço-me por seguir teus pensamentos, já que minha cabeça ainda reflete: pode ser que tu, na tua erudição filosófica, considerasses a culpa de existir mais importante do que a de agir. E no entanto: que mais pode um homem fazer do que esquivar-se de agir? Permaneci calado o mais possível, a fim de não arrulhar. Não pronunciei palavras supérfluas e não acrescentei o nome dela, sempre que lhe dirigia a palavra. Sou minha própria testemunha, e de fato não há outra, de que nunca consenti, quando ela te criticava e me elogiava. Mas que adianta isso, se tenho culpa, simplesmente por minha presença carnal? Eu deveria ter ido para o deserto, como ermitão, submetendo-me a rigorosas observâncias! Deveria ter feito isso, sem que tu me desses o conselho. Admito-o, compungido. Mas uma coisa posso alegar em minha defesa: se me tivesses falado, não teria deixado de fazê-lo. Por que não me exortaste, querida cabeça, quando ainda não jazias separada de teu corpo, e sim te mantinhas firme sobre o pescoço? Nossas cabeças sempre conversaram entre si, a tua inteligentemente, a minha de modo simplório. Mas, no momento da ameaça mais grave, silenciaste! Agora é tarde. Não te abriste, agiste magnânima e cruelmente e me mostraste como convém proceder. Pois certamente não julgaste que eu me deixaria superar por ti e que meus braços robustos recusariam perpetrar um ato que teus braços delicados consumaram! Frequentemente te disse que não tencionava sobreviver separado de ti, e quando estavas acometido pela mórbida paixão amorosa e mandaste erguer a cabana de lenha, expliquei-te que, se a construísse, seria para nós dois, para eu entrar nela a teu lado. Há muito previ o que terá de acontecer agora, se bem que somente neste momento chegue a destilá-lo claramente do turbilhão de meus pensamentos. Logo quando cheguei e te vi estendido no chão, isto é, a cabeça ali e o corpo mais longe, já estava baixada a sentença de Nanda. Eu, que desejava queimar-me vivo contigo, também quero perder meu sangue em tua companhia, pois nada mais me resta fazer. Será que devo sair para contar a ela o que fizeste e entreouvir o grito de horror que proferirá o secreto júbilo? Cumpre-me, porventura, andar pelo mundo afora com meu nome conspurcado e permitir que o povo diga, como certamente dirá, "Nanda, esse patife, traiu seu amigo e o matou, por cobiçar-lhe a mulher"? Isso não! Nunca! Eu te seguirei, e que o eterno regaço beba meu sangue junto com o teu!

Com essas palavras, voltou-se da cabeça de Shridaman para o corpo do falecido. Desvencilhou das mãos já enrijecidas o punho da espada, e com os musculosos braços executou da maneira mais correta a sentença que ele mesmo acabava de pronunciar, de tal forma que seu corpo, para mencioná-lo em primeiro lugar, caiu atravessado sobre o de Shridaman, ao passo que a simpática cabeça rolava para perto da do amigo, onde foi parar, de olhos revolvidos. Também o sangue de Nanda jorrava inicialmente aos borbotões, com grande violência, para em seguida escorrer devagar pelos sulcos rumo à boca da cova.

VII.

Entrementes, Sita, o Sulco, permanecia sentada lá fora, sozinha, no carro coberto. O tempo parecia-lhe tanto mais longo, pois já não havia à sua frente nenhum pescoço a ser contemplado. Claro que não podia nem sonhar com aquilo que acontecera a esse pescoço, enquanto a acometia uma impaciência apenas normal. Mas no seu íntimo, em regiões muito mais profundas do que a do agastamento — que, embora intenso, pertencia à esfera perfeitamente imaginável das ocorrências inócuas e apenas fazia com que ela se remexesse nervosamente, batendo os pezinhos — talvez se originasse a suspeita de algo horroroso, suscetível de explicar a necessidade de aguardar assim demoradamente. É bem verdade que impaciência e agastamento não eram, nesse caso, atitudes adequadas, uma vez que esse algo provinha de uma categoria de possibilidades em face da qual não cabia remexer-se ou bater os pés. Podemos levar em conta uma secreta receptividade da jovem mulher quanto a conjeturas dessa espécie, uma vez que ela, havia algum tempo, vivera sob certas condições e passara por experiências que, para não dizer mais, não careciam de certa afinidade com aquela categoria descomunal. Nada disso manifestou-se, porém, nas ponderações que ventilava de si para si.

"É incrível! É insuportável!", pensava ela. "Esses homens são todos iguais. Não se deve dar preferência a nenhum deles, pois absolutamente não merecem confiança. Um se vai e me deixa sentada aqui em companhia do outro, a ponto de merecer não sei o quê, e quando envio o outro atrás dele, fico sozinha. E com tudo isso, o sol já vai alto, uma vez que perdemos muito tempo pelo desvio! Pouco falta para que eu estoure de tanta raiva. Entre todas as possibilidades razoáveis e admissíveis, não há nem explicação nem desculpa pelo fato de um sumir e o outro, que deve procurá-lo, desaparecer também. O máximo que posso imaginar é que ambos chegaram às vias de fato, porque Shridaman estava tão absorto na oração que relutou em sair dali e Nanda tentou coagi-lo. Mas, certamente, levou em consideração o físico delicado de meu marido e não fez uso de toda a sua força. Pois, se quisesse, poderia carregá-lo que nem uma criança em seus braços, que parecem ferro quando a gente, por acaso, roça neles. Seria humilhante para Shridaman, e todavia me sinto tão ofendida pela demora que quase chego a desejar que Nanda fizesse justamente isso. Vou dizer uma coisa a vocês dois: mereceriam que eu tomasse as rédeas e fosse sozinha à casa de meus pais. Quando voltassem já não me encontrariam. Se não me causasse desonra chegar lá sem esposo nem amigo, porque ambos me deixaram abandonada, faria isso imediatamente. Mas, assim, só me resta (e o devo fazer já, já) segui-los, para ver o que estão fazendo o tempo todo. Não é de admirar que, sendo uma pobre mulher grávida, eu fique alarmada em face das circunstâncias estranhas que devem ter provocado tal conduta misteriosa. Mas o pior que posso conjeturar é que eles, por razões que somente outro que não eu saberá adivinhar, malquistaram-se e a briga os retém. Então hei de intervir e chamá-los à ordem."

Com isso, a bela Sita também desceu do carro, e com as cadeiras ondulando sob o vestido justo, encaminhou-se ao santuário da Mãe. Não respirara nem cinquenta vezes, e já se lhe deparava o mais horroroso espetáculo.

Os braços erguidos, os olhos saltando das órbitas, Sita desmaiou. Caiu no chão, estatelada. Mas isso de nada lhe adiantava. O espetáculo horroroso tinha tempo suficiente para aguardar, assim como já aguardara, enquanto ela pensava aguardar sozinha. Continuou inalterado ininterruptamente, e, quando a infortunada mulher voltou a si, tudo estava como dantes. Sita tentou desfalecer novamente, mas em virtude de sua sadia constituição não o conseguiu. Acocorou-se no chão, os dedos afundados na cabeleira, e cravou o olhar nas cabeças decepadas, nos corpos deitados um sobre o outro, e todo aquele sangue que ali escorria devagarzinho.

— Ó deuses, numes e grandes ascetas — murmuravam seus lábios arroxeados —, estou perdida. Ambos os homens! Logo os dois de uma vez! Meu amo e marido, que deu comigo a volta ao fogo, meu Shridaman, com a veneranda cabeça e o corpo que, afinal de contas, proporcionava calor, pois me ensinou, em sagradas noites de amor conjugal, a volúpia tanto quanto a conheço. Ali jaz, separada do tronco, a estimável cabeça, perecida, morta! Perecido e morto também o outro, Nanda, que me balançou e me pediu em casamento para o amigo. Corpo e cabeça apartados, ensanguentados. Lá está ele! Ainda tem a mecha do "Bezerro da boa sorte" no peito outrora tão alegre. Mas agora, sem cabeça, para que serve ela? Eu poderia tocá-lo, poderia sentir o vigor e a beleza de seus braços e pernas, se isso me desse na veneta. Mas não dá: a morte sangrenta ergueu uma barreira entre ele e meu endiabrado desejo, assim como antes fizeram a honra e a amizade. Eles cortaram as cabeças um ao outro! Por um motivo que já não me oculto, sua ira se levantou como uma chama na qual se despejasse manteiga, e ambos encetaram tão tremenda peleja que essa façanha mútua foi inevitável. Vejo-o com meus próprios olhos. Porém há somente uma única espada ali, e Nanda segura-a. Como podiam os homens enfurecidos lutar com uma única espada? Shridaman, esquecido de toda a sua sagacidade e brandura, agarrou a arma e cortou a cabeça de Nanda, que então... Ah, não! Foi Nanda que, por motivos que me fazem ficar toda arrepiada em minha desgraça, decepou a cabeça de Shridaman, que então... Ah, não, não! Melhor não pensar! Não adianta. O resultado seriam apenas sangue e trevas, que de qualquer jeito já existem neste lugar. Uma coisa é todavia indiscutível: eles se conduziram como criaturas selvagens e nem por um instante sequer lembraram-se de mim. Quer dizer: lembraram-se, sem dúvida, pois foi por minha pobre pessoa que perpetraram esse feito tão viril quanto medonho. Em certo sentido, isso me causa calafrios. Eles, no entanto, só pensavam em mim com relação a si próprios, e nunca no que me ocorreria. Na sua fúria, isso pouco lhes importava, loucos como andavam, tão pouco como agora, quando lá estão prostrados, silenciosos, sem cabeça, e me deixam com o problema do que devo fazer. Fazer? Não há nada que se possa fazer. Somente me cabe terminar. Ou deverei eu vagar pela vida como viúva, carregando nas minhas costas a mácula e o desdém que são a sorte da mulher que descuidou do marido a ponto de ele perceber? Isso, de qualquer jeito, é o destino comum das viúvas, mas quanto opróbrio não me pespegarão se eu voltar sozinha à casa de meu pai e de meu sogro? Ali há uma só espada. Portanto, não é possível que ambos se tenham trucidado reciprocamente. Uma espada não basta para dois homens. Mas resta uma terceira pessoa que sou eu. A gente vai dizer que sou uma mulher depravada e assassinei meu esposo e seu irmão eletivo, meu cunhado. As provas são concludentes. Embora falsas, são concludentes, e por mais inocente que eu seja, vão condenar-me. Não, inocente não! Talvez valesse a pena e tivesse algum sentido mentir a mim mesma, se tudo ainda não estivesse acabado definitivamente. Mas, assim, não traz nenhum proveito. Inocente não sou; há muito tempo deixei de sê-lo, e quanto à depravação, há certa verdade nisso, muita, muita verdade até! Embora não exatamente como pensarão os outros, e por isso pode ser que exista qualquer coisa parecida com uma justiça equivocada. É necessário que a isso me antecipe e me execute com minhas próprias mãos. Devo segui-los. Isso e nada mais me cumpre fazer. Com estas minhas mãozinhas não posso manejar a espada. Elas são por demais débeis e temerosas para destruírem o corpo do qual fazem parte e que é, todo ele, insinuante sedução, apesar de estar constituído de fraquezas. Ai dele, é uma pena perder-se tanta beleza, e todavia terá ele de tornar-se tão enrijecido, tão inanimado como esses dois, para que nunca mais provoque volúpias nem sinta cobiças. Eis o que deve acontecer impreterivelmente, mesmo que assim o número de vítimas chegue a quatro. Pois, que poderia o rebento da viúva esperar da vida? Sem dúvida se tornaria aleijado pelo infortúnio, nascendo lívido e cego, porque eu empalidecia de desgosto em pleno gozo e fechava os olhos para não ver aquele que mo propiciava. Como realizar a façanha, eis o que os dois deixaram a meu critério. Vejam, portanto, como me arranjarei!

E ela, com muito esforço, ergueu-se, cambaleante. A passo trôpego, subiu a escada, e visionando a autodestruição, percorreu o santuário, em direção ao ar livre. Diante do templo havia uma figueira, de onde pendiam cipós. Agarrando um dos verdes cordões, Sita fez dele um laço e colocou-o ao redor do pescoço, prestes a estrangular-se.

VIII.

Nesse momento, dirigiu-se a ela uma voz, ressoando dos ares. Era indubitavelmente a voz de Durgâ-Devi, da Inacessível, a voz da sombria Kali, da própria Mãe do Mundo. Uma voz grave, roufenha, que falava com maternal severidade.

— Para com isso, imediatamente, burra que és! — trovejou a Deusa. — Não te basta teres levado à cova o sangue de meus filhos? Queres ainda desfigurar minha árvore e transformar teu corpo, reprodução assaz bem-sucedida de minha imagem, em alimento dos urubus, juntamente com o querido, doce germe de vida, que, cálido, pequenino, cresce em teu ventre? Não notaste, bobalhona, que não tiveste teu fluxo e esperas um filho meu? Se não sabes o bê-á-bá em coisas de mulher, enforca-te, mas não na minha área. Pareceria que toda preciosa vida deve perecer de vez e sumir da face do mundo, somente por causa de tua tolice. Já estou mesmo farta do palavrório de certos filósofos que qualificam de doença a existência humana e afirmam que tal moléstia é transmitida de geração em geração através da consumação do amor, e tu, imbecil, ainda tencionas pregar-me uma peça dessas! Tira a cabeça do laço, e já! Ou te dou uma bofetada!

— Santa Deusa — respondeu Sita —, claro que vou te obedecer. Ouço tua voz, que atroa das nuvens, e naturalmente desisto logo de meu ato desvairado, já que me mandas fazê-lo. Mas preciso protestar contra a asseveração de que não me apercebi de meu estado e não notei que tu suspendeste meu fluxo e me abençoaste. Pensei, no entanto, que a criança, certamente, ficaria pálida e cega, um aleijão da desgraça.

— Deixa esse problema comigo, por favor! Em primeiro lugar, isso não passa de uma estúpida superstição de mulheres, e em segundo, também devem existir em minha esfera aleijões pálidos e cegos. Melhor seria que te justificasses e confessasses o motivo por que lá dentro jorrou para mim o sangue de meus filhos, que, cada qual a seu modo, foram excelentes rapazes. Não que esse sangue me fosse desagradável, mas eu teria preferido que ele corresse por mais algum tempo em suas veias. Fala, portanto, e dize a verdade! Certamente não ignoras que de qualquer jeito sei tudo.

— Mataram-se mutuamente, Santa Deusa, e a mim deixaram no desamparo. Brigaram por minha causa e deceparam suas cabeças com uma e a mesma espada.

— Bobagem! Realmente, só uma mulher é capaz de proferir tamanha besteira! Um após outro imolou-se a mim com piedade viril; ouviste? Mas por que o fizeram?

A bela Sita rebentou em pranto, e entre soluços respondeu:

— Ah, Santa Deusa, reconheço e confesso minha culpa, mas que podia fazer? Foi uma desgraça, embora talvez inevitável, uma verdadeira fatalidade, se me permites dizer assim — a essa altura soluçou repetidas vezes —, foi um infortúnio, qual peçonha de serpente, que transformou em mulher casada a garota impertinente, arredia, ingênua que eu era, quando alimentava sossegadamente o fogo no lar paterno, até conhecer meu homem e ser iniciada em teus assuntos. Para tua despreocupada filha, isso teve o efeito de um fruto venenoso. Ela ficou inteiramente alterada, e o pecado com suas irresistíveis delícias apossou-se de meus despertados sentidos. Não que eu deseje voltar a essa petulante e jovial ignorância. Não posso, pois nem sequer isso se pode conseguir. Sei apenas que naquela fase anterior não conhecia o homem, não prestava atenção a ele, não o via. Minha alma estava livre dele e da ardente curiosidade de seus segredos, de modo que lhe atirava palavras escarnecedoras e ia embora, fria e inacessível. Será que jamais a vista do peito de um jovem me perturbou, será que jamais o aspecto de seus braços ou pernas fez com que o sangue me subisse aos olhos? Não, tudo isso significava para mim menos que o ar, naqueles dias, e nem um pouquinho modificava minha fria indiferença, pois eu era inocente. Veio então da aldeia de Bem-Estar das Vacas um moço, de nariz achatado e olhos negros, bem-feito de corpo, que na festa me balançou em direção ao Sol, sem que isso provocasse em mim ardor algum. O que me esquentava era a aragem, nada mais, e para agradecer a ele, dei-lhe um piparote. Depois, voltou como casamenteiro de Shridaman, quando meus pais e os de seu amigo haviam consentido.

Pode ser que então a situação já tivesse mudado. O infortúnio teve sua origem naqueles dias, quando ele me cortejou em nome do outro que deveria abraçar-me como meu esposo e que ainda não estava presente. Presente só estava Nanda.

"Sempre estava presente", continuou, "antes das bodas e durante elas, enquanto andávamos ao redor do fogo, e depois também. Quero dizer que ficava perto de nós de dia, porque, naturalmente, não estava lá de noite, quando eu dormia com Shridaman, meu marido e seu amigo, e nós nos uníamos à semelhança do divino par, assim como aconteceu pela primeira vez no leito adornado de flores, naquela noite nupcial, na qual ele com força varonil me fez desabrochar e pôs um fim à minha inocência, convertendo-me em sua mulher e acabando com minha arrogante ingenuidade. Disso, ele era capaz, é claro, pois era teu filho. Também sabia tornar bastante agradável o enlace amoroso. Nada posso reclamar, nem afirmar que não o tenha amado, honrado e temido. Ah, Deusa poderosa, não sou depravada a tal ponto que não devesse amar e mais ainda honrar e temer meu senhor e esposo, com sua cabeça sábia, muito, muito fina, de barba sedosa e olhos meigos, luzentes sob as pálpebras, e o corpo que os acompanhava. Mas, em que pesasse a minha reverência, não pude deixar de perguntar-me de mim para mim se realmente cabia a ele fazer-me mulher e ensinar à minha impertinente frieza os doces, terríveis mistérios dos sentidos. Não cessei de sentir que isso não convinha, que era indigno dele, que não estava de acordo com sua cabeça, e cada vez que sua carne se levantava a meu encontro, nas noites conjugais, tive a impressão de que aquilo o humilhava e degradava a sua nobreza, e também o achava aviltante e ignominioso até para mim, a despertada para o amor.

"Foi assim, ó eterna Deusa, que tudo aconteceu", prosseguiu. "Xinga-me, castiga-me. Eu, teu rebento, confesso-me a ti sem rebuço, nesta hora pavorosa. Conto como foi, sabendo que de qualquer jeito nada ignoras. O amor carnal não condizia com a cabeça de Shridaman, meu distinto esposo, e nem sequer combinava com seu corpo, que afinal, como deves admitir, é nessa função o essencial, de modo que ele, que ali jaz miseravelmente separado da cabeça a que pertence, não conseguia consumar a união amorosa tão perfeitamente que todo o meu coração se apegasse a ele. Verdade é que transmitia a mim seus desejos e despertava os meus, sem todavia satisfazê-los. Compadece-te de mim, ó Deusa! A lascívia de tua ardorosa criatura era maior do que sua satisfação, e sua cupidez superava o gozo.

"De dia, porém, e ainda à noite, antes de recolher-me, eu via Nanda, nosso amigo de nariz caprino. Não somente o via, mas também o observava, assim como o sagrado matrimônio me ensinara a ver e observar os homens. E nos meus pensamentos, nos meus sonhos insinuava-se a pergunta: como praticaria Nanda aquele ato da união amorosa? Como decorreria o divino encontro, se se realizasse com ele, que nem de longe fala tão corretamente como Shridaman, e não com este? 'Nem um pouquinho diferente, miserável que és!', dizia de mim para mim. 'Tu desonras teu marido, criatura abjeta! É sempre a mesma coisa, e como poderá Nanda, que é apenas atraente pela fala e pelo físico, ao contrário de teu marido, que merece ser considerado notável, como poderá Nanda fazer isso melhor que ele?' Mas essas reflexões de nada me serviam. A curiosidade a respeito de Nanda, a ideia de que a voluptuosidade carnal seria mais condizente com ele, com sua cabeça tanto como com seus membros, e não o humilharia nem lhe causaria vergonha, a certeza de que ele seria o homem capaz de igualar meu prazer a meus desejos, tudo isso se me cravava no corpo e na alma, como o anzol na garganta do peixe, e não era possível arrancá-lo, pois o anzol tinha barbela.

"Como lograria eu tirar Nanda de minha carne e de meu espírito, uma vez que ele estava incessantemente a nosso lado? Shridaman e Nanda não podiam viver um sem o outro, por serem tão diferentes. Eu não podia deixar de ver o amigo de dia, e de noite sonhava com ele em lugar de Shridaman. Quando avistava seu peito com a mecha do 'Bezerro da boa sorte', quando olhava seus delgados quadris e seu traseiro bem pequeno, ao contrário do meu que é muito grande (nesse ponto, Shridaman representava o meio-termo entre nós dois), perdia o domínio de mim mesma. Sempre que seu braço roçava o meu, arrepiavam-se os pelos de meus poros. Cada vez que pensava em suas magníficas pernas peludas e observava como ele as movia e andava, imaginava como elas me apertariam no jogo do amor. Então me sentia acometida de vertigens e meus seios gotejavam de ternura. Mais e mais belo ele se me afigurava. Eu simplesmente não compreendia a incrível cegueira que fizera com que, naquele dia em que ele fora escolhido para balançar-me, me ficassem indiferentes ele próprio tanto como o cheiro de óleo de mostarda, exalado por sua pele. Então, Nanda me parecia comparável a Citraratha, o príncipe gandharva de divino encanto, igual ao Deus do Amor sob sua forma mais adorável, cheio de beleza e juventude, perturbador dos sentidos, adornado de celestes atavios, de grinaldas de flores, deliciosos perfumes e tudo o que nos pode enfeiti-çar. Era qual Vishnu na Terra, sob a aparência de Krishna.

"Por isso acontecia que, quando Shridaman, de noite, aproximava--se de mim, eu empalidecia devido à mágoa que me causava o fato de ser ele o homem e não o outro, e fechava os olhos, para poder pensar que quem me abraçava fosse Nanda. Mas, às vezes, não podia evitar de murmurar, em pleno gozo, o nome daquele que, segundo meus dese-jos, deveria provocá-lo. Assim percebia Shridaman que em seus suaves braços eu o enganava. Pois, infelizmente, também me ocorre falar no sono, e certamente comuniquei assim aos seus aflitos ouvidos coisas que revelavam o rumo de meus sonhos. Eis a conclusão que tirei da profunda melancolia que ele manifestava e do modo como, afastando--se de mim, nunca mais me tocava. Mas Nanda tampouco o fazia, não porque não sentisse a tentação, pois tentado certamente estava, ora, tentado estava sem dúvida alguma, não admito a asseveração que não o tenha acometido o mais veemente anelo! Porém, devido à sua insu-perável lealdade para com o amigo, resistiu à tentação, e eu também, crê-me, ó Mãe eterna, pois, pelo menos assim creio, eu também teria repelido a Nanda, se ele, sucumbindo à tentação, tivesse feito uma ten-tativa de tocar-me. Sim, é o que eu teria feito em consideração à honra de meu marido. Resultou disso, no entanto, que eu ficasse sem nenhum homem, e nós três nos encontrássemos num estado cheio de privações.

"Sob tais circunstâncias, ó Mãe do Mundo, empreendemos a viagem que devíamos a meus pais, e enveredando num caminho errado, chega-mos à tua casa. Shridaman disse que queria entrar ali por pouco tempo apenas, a fim de prestar-te uma fugidia homenagem. Mas, na cela dos sacrifícios a ti oferecidos, sob o impacto da situação, efetuou o horri-pilante ato e despojou seus membros da veneranda cabeça, ou melhor, a veneranda cabeça dos membros, relegando-me à miserável condição de viuvez. Praticou tal façanha por um sentimento de dolorosa renún-cia, na melhor das intenções quanto a mim, a criminosa. Pois, grande Deusa, perdoa-me a franqueza: não foi a ti que se imolou, senão a mim e ao amigo, para que ambos pudéssemos doravante viver nossos dias na plenitude do gozo das delícias da carne. Em seguida, porém, Nanda, que fora à procura dele, não quis aceitar o sacrifício e decepou igual-mente sua cabeça, separando-a de seus membros de Krishna, de modo que estes se tornaram inúteis. Com isso, também tornou-se inútil, to-talmente desvalorizada, a minha própria sobrevivência. Fiquei virtual-mente decapitada, sem esposo nem amigo. A culpa de meu infortúnio deve ser atribuída, segundo suponho, a atos que cometi numa existência anterior. Mas, depois de tudo isso, como podes admirar-te da minha decisão de acabar com minha vida atual?"

— Tu não passas de uma idiota cheia de curiosidade — trovejava das nuvens a voz da Deusa. — É ridículo o que tuas fantasias fizeram desse Nanda, que, com todos os seus acessórios, é apenas inteiramente normal. Com semelhantes braços e pernas, milhares de meus filhos andam pelo mundo, mas tu logo o transformas num gandharva! No fundo, isso é patético — acrescentou a divina voz, tornando-se mais branda. — Eu, a Mãe, acho patético, em seu conjunto, o gozo carnal, e na minha opinião faz-se a respeito dele muito mais alarde do que merece. Mas, apesar dos pesares, deve haver certa ordem! — E, de repente, a voz voltou a ser áspera e estrondosa. — Eu, na verdade, sou a personificação da desordem, mas, justamente por isso, careço insistir na ordem. Fica sabendo que me cumpre exigir terminantemente a inviolabilidade da instituição do matrimônio. Tudo acabaria em barafunda, se eu apenas me deixasse guiar por minha bonacheirice. Quanto a ti, estou mais do que descontente. Causaste toda essa atrapalhação e ainda me dizes desaforos, querendo insinuar que meus filhos não se imolaram a mim, deixando seu sangue fluir em direção ao meu altar. Pretendes que o primeiro se sacrificou para ti e o segundo para o primeiro. Que bobagem é essa? Como poderia um homem cortar a própria cabeça, não apenas a garganta e sim toda a cabeça, segundo o ritual das oferendas, ainda por cima um erudito, como teu Shridaman, que nem em matéria de amor conseguia fazer boa figura, como poderia ele realizar esse feito, se não haurisse a força e a ferocidade indispensáveis de exaltação que eu provocava nele? Não te permito tais palavras presunçosas, independente de que haja ou não nelas uma pontinha de verdade. Pois pode ser verdadeiro que se trate, nesse caso, de um ato originado por uma mescla de motivos, o que significa: de um ato confuso. Não foi exclusivamente para congraçar-me que meu filho Shridaman se me entregou, mas também devido à aflição por ti causada, tivesse ele ou não consciência disso. E a imolação do Nandazinho foi tão somente a consequência inevitável da anterior. Por isso, estou pouco disposta a aceitar o sangue de ambos e ficar com a oferenda. Bem, se eu agora devolver o duplo sacrifício e reconstituir tudo como era antes, posso esperar que, daqui em diante, te comportes mais decentemente?

— Ah, Santa Deusa e querida Mãe! — exclamou Sita, banhada em lágrimas. — Se pudesses fazer isso, se pudesses anular essas terríveis façanhas, se me devolvesses o esposo e o amigo, e tudo fosse como dantes, como não te abençoaria e até restringiria as palavras de meus sonhos, para que o nobre Shridaman não se magoasse mais! Ilimitada seria minha gratidão, se tu o conseguisses e fizesses com que tudo voltasse ao estado anterior! Pois embora tenha havido antes muita coisa triste, de modo que eu, quando no teu santuário defrontava-me com aquela medonha encrenca, percebi claramente que o caso não podia ter acabado de outra maneira, seria, contudo, uma maravilha se teus poderes lograssem modificar o final, para que da próxima vez ocorresse um desfecho mais feliz.

— Que quer dizer por "se conseguisses" e "se teus poderes lograssem"? — retrucou a voz divina. — Espero que não duvides de que para meus poderes isso é uma bagatela! No decorrer da história do mundo, tive mais de uma vez ensejo de comprová-lo. Ora, tenho pena de ti, se bem que não o mereças, e também me compadeço da pálida, cega semente que germina em teu ventre. E os dois rapazes lá dentro igualmente me causam dó. Aguça, pois, teus ouvidos e escuta o que te digo! Larga imediatamente essa trepadeira e volta rapidamente ao templo. Coloca-te diante de minha imagem e da encrenca que provocaste. Ali, não banques a melindrosa! Nada de desmaios! Agarra as cabeças pela cabeleira e ajusta-as cuidadosamente aos pobres corpos! Depois, faze a bênção dos cortes com a espada ritual, o fio para baixo, e invoca ambas as vezes meu nome. Podes dizer Durgâ ou Kali ou simplesmente Devi, pouco importa. Feito isso, os dois jovens ressuscitarão à vida. Compreendeste? Não aproximes as cabeças dos troncos muito depressa, apesar da forte atração que sentirás entre ambos; pois o sangue derramado precisa ter o tempo necessário para voltar e ser absorvido. Isso se passará com mágica velocidade, mas, mesmo assim, carece de um tempinho. Espero que tenhas prestado atenção. Então, corre ligeiro! Mas capricha ao fazer as coisas e não ponhas, na confusão, as cabeças em sentido contrário sobre os pescoços, de modo que os coitados devam andar com os rostos na nuca para gáudio do povo! Vai ligeiro! Se te demorasses até amanhã, seria tarde demais.

IX.

A bela Sita já não deu resposta alguma. Nem sequer disse "obrigada". De um salto, encaminhou-se ao templo, correndo tão depressa quanto permitia a saia justa. Atravessou às pressas a sala de audiência e o vestíbulo, até o Sagrado Regaço. Ali, diante da hedionda imagem da Deusa, iniciou, tremendo de febril nervosismo, a tarefa prescrita. A atração entre as cabeças e os troncos era menos forte do que se podia depreender das palavras da *devi*. Era sensível, mas não tão intensa que se constituísse num perigo para o refluxo do sangue ao longo dos sulcos. Durante o ato da aproximação, este se realizava com mágica rapidez, produzindo um ruído estalante. Sem dúvida, a bênção com a espada resultava no efeito almejado, junto com a invocação do nome divino, que Sita, a voz embargada de júbilo, pronunciava três vezes em cada caso: com as cabeças fixadas no lugar, sem sinais nem cicatrizes, os jovens se levantaram bem à frente dela. Olhavam-na e em seguida olhavam seus corpos; ou melhor: fazendo isso, olhavam o corpo que lhes coubera. Pois, para olharem a si próprios, deveriam ter olhado um para o outro. Tal era a natureza da sua restauração.

Ó Sita, que fizeste? Ou que aconteceu? Ou que fizeste acontecer na tua precipitação? Numa palavra (para formular a pergunta assim que se resguarde devidamente a fluente divisa entre fazer e acontecer): que se passou contigo? A excitação com que procedeste é perfeitamente compreensível, mas não poderias apesar disso ter aberto os olhos um pouco mais cuidadosamente, enquanto agias? Não, não colocaste as cabeças dos jovens em sentido contrário, de modo que os rostos ficassem virados para a nuca. Não foi isso o que ocorreu. Porém, para falar sem rodeios e chamar pelo nome o fato espantoso que causaste, essa desgraça, esse desastre, essa atrapalhação, ou como vós três queirais chamar aquilo: ajustaste em cada um a cabeça do outro e sagraste o ato com a bênção da espada. A cabeça de Nanda a Shridaman — se é que se pode ainda qualificar de Shridaman o tronco sem o essencial — e a cabeça de Shridaman a Nanda — se este, privado da cabeça, ainda era Nanda. Enfim, o esposo e o amigo ressurgiram diante de ti não como os seres que tinham sido, mas sim misturados. Avistas Nanda — se Nanda for aquele que tem sua simpática cabeça na túnica, no avental que envolvem o fino, adiposo corpo de Shridaman — e vês Shridaman — se assim se pode designar o vulto que traz o seu rosto meigo, mas se firma sobre as bem torneadas pernas de Nanda e exibe no "seu" peito largo, trigueiro, a mecha do "Bezerro da boa sorte", emoldurada pelo colar de pétreas contas!

Que encrenca! Tudo em consequência da tua precipitação! Os imolados voltaram à vida, mas vivem trocados: o corpo do marido com a cabeça do amigo, o corpo deste com a cabeça daquele. Não é de admirar que as rochas da caverna ecoassem por muitos minutos as exclamações de espanto dos três. O que tinha a cabeça de Nanda apalpava, membro por membro, o corpo, que antes fora mero acessório da nobre cabeça de Shridaman, e este — Shridaman, a julgar pela cabeça — examinava, assombrado, o corpo que doravante seria o seu próprio, mas, em composição com a singela cabeça de Nanda, fora parte principal. Quanto à causadora dessa nova ordem das coisas, ia de um ao outro, abraçando a ambos, e alternava exclamações de júbilo, de pesar e de autoacusação. Pedia perdão aos dois, e lançando-se a seus pés, confessava entre soluços e risadas o que se passara antes desse lamentável engano.

— Desculpai-me, se puderdes! Perdoa-me, querido Shridaman! — implorou, dirigindo-se expressamente à cabeça e ignorando propositadamente o corpo de Nanda, ligado a esta. — E tu, Nanda, também me perdoa! — E novamente apostrofou a cabeça em apreço, considerando-a, apesar da sua insignificância, como a parte essencial e o corpo de Shridaman a ela aplicada como simples apresto.

"Ai de mim!", gritou. "Deveis consentir em perdoar-me. Lembrai-vos do ato horroroso que chegastes a perpetrar sob as vossas formas anteriores e do desespero a que me levastes por ele. Pensai que eu já estive a ponto de estrangular-me e em seguida travei um estonteante colóquio com a voz trovejante da Inacessível, que das nuvens me falava. Assim, compreendereis que, ao executar suas ordens, não estava na posse plena do meu juízo e não tinha nenhuma presença de espírito. Tudo se me confundia diante dos olhos. Apenas indistintamente reconhecia as cabeças e os membros que minhas mãos tocavam, de modo que devia confiar na sorte que me possibilitasse juntar as peças apropriadamente. Metade das probabilidades fazia crer que eu acertaria, mas outro tanto negava-o. Eis o resultado, e vós resultastes dele. Pois, como podia eu adivinhar se a atração entre as cabeças e os membros estava ou não na proporção certa? Ela era forte e definida, embora talvez pudesse ser mais nítida ainda no caso de uma combinação diferente. A Inacessível tem, aliás, também um pouquinho de culpa, uma vez que me preveniu apenas de não colocar as cabeças viradas para trás, e nesse pormenor, prestei muita atenção. A Augusta certamente não previu aquilo que se tornou realidade. Dizei-me: estais desesperados pela maneira de vossa ressurreição e me amaldiçoareis eternamente? Então sairei daqui e levarei a termo o ato que foi interrompido pela Deusa que existiu antes dos tempos. Ou estais dispostos a perdoar-me e julgais imaginável que, sob as circunstâncias que o cego acaso originou, possa começar uma vida melhor para nós três; quero dizer: uma vida melhor do que teria sido possível se a situação anterior houvesse sido restabelecida, a qual teve um desfecho tão triste, e segundo quaisquer previsões humanas, deveria ter o mesmo novamente? Responde-me, vigoroso Shridaman! E comunica-me tua opinião, distinto Nanda!"

Rivalizando em magnanimidade, os jovens transformados curvaram-se diante dela, levantaram-na um com os braços do outro, e todos os três, num grupo afetuoso, mantiveram-se enlaçados, rindo e chorando. Duas coisas tornaram-se claras imediatamente. Primeiro, que Sita tivera razão ao apostrofar os ressuscitados de acordo com as cabeças, já que eram estas o que importava e elas determinavam, sem dúvida alguma, os sentimentos do eu e do meu. Como Nanda sentia e identificava no que levava sobre ombros estreitos e claros a singela cabeça do filho de Garga, ao passo que o outro, com a cabeça do neto de brâmanes a encimar o esplêndido tronco trigueiro, comportava-se com toda a naturalidade como Shridaman. Em segundo lugar, porém, tornava-se evidente que nenhum dos dois estava zangado com Sita por causa de seu equívoco. Ao contrário, ambos apreciavam prazerosamente a sua nova aparência.

— Contanto que Nanda — disse Shridaman — não se envergonhe do corpo que lhe coube em sorte e seu peito não sinta demasiada falta da mecha de Krishna, o que eu lastimaria, por mim só posso declarar que me julgo o mais feliz dos homens. Sempre almejei um físico igual a este, e ao examinar os músculos dos meus braços, ao contemplar minhas espáduas, ao avistar minhas magníficas pernas, experimento indômita alegria. De mim para mim digo então que daqui por diante erguerei a cabeça de modo bem diferente, primeiro por ter a convicção de meu vigor e minha beleza, e segundo, porque a partir de agora as inclinações de meu espírito estarão de acordo com a conformação de meu corpo, de modo que já não haverá nem contradição nem incongruência, quando eu defender a simplificação e votar, sob a árvore, a favor da procissão das vacas em redor da montanha Pico Multicor, para substituir as ladainhas dos brâmanes. Pois tal atitude harmonizará comigo, e o que antes era estranho tornou-se inteiramente meu. Meus queridos amigos, neste fato há indiscutivelmente um quê de tristeza, uma vez que o alheio, chegando a ser meu, cessou de ser objeto de desejo e admiração, a não ser que me admire a mim mesmo. Já não presto serviço a outrem, senão a mim próprio, quando recomendo o culto à montanha em lugar da festa de Indra, pois, ao fazê-lo, sirvo àquele que sou. Sim, admito que realmente é um pouco triste o fato de eu ter obtido o que outrora desejava alcançar. Mas tal sentimento fica totalmente eclipsado, quando penso em ti, minha doce Sita, pois tu te antepões a quaisquer cogitações relativas a mim, sempre que avalio as vantagens que tirarás de meu novo físico. Já de antemão me orgulho e regozijo-me delas, e assim só posso abençoar todo esse milagre com as palavras: *Siyâ*, assim seja!

— Realmente poderias falar com correção e dizer *Siyât* — objetou Nanda, que, durante as últimas palavras do amigo, baixara os olhos — em vez de permitir que tua boca seja influenciada por teus membros de camponês, que absolutamente não te invejo, porque já foram meus por demasiado tempo. Eu tampouco nutro ressentimentos contra ti, Sita. Também digo *Siyât* com respeito a este milagre, pois sempre desejei ter um corpo distinto como este que agora me coube, e se, no futuro, eu interceder em prol do ritual de Indra, contra a simplificação, isso combinará melhor comigo, a não ser com meu rosto, mas pelo menos com meu corpo que para ti, Shridaman, talvez tenha sido de somenos importância. Para mim, porém, é o essencial. Não me assombro em absoluto em face da intensa atração que nossos troncos e nossas cabeças manifestaram, quando tu, Sita, os ajuntaste. Nisso se evidenciou a amizade que ligava Shridaman a mim e que, como espero, não sofrerá nenhuma alteração pelo que aconteceu. Uma coisa, no entanto, devo dizer: minha pobre cabeça não pode deixar de pensar no corpo que obteve e resguardar os direitos dele. Por isso, fiquei espantado e entristecido, ó Shridaman, pela sem-cerimônia com que acabas de proferir certas palavras que se referiam ao futuro conjugal de Sita. Nesse pormenor, parece-me, não pode haver nenhuma obviedade. Pelo contrário, existe um grave problema, e minha cabeça resolve-o de outro modo que a tua.

— Por quê? — exclamaram Sita e Shridaman em uníssono.

— Por quê? — repetiu o amigo de membros finos. — Como podeis perguntar? Para mim, o corpo é a coisa principal, e nele me aferro, ao pensar no significado do matrimônio. Pois é o corpo e não a cabeça que gera os filhos. Gostaria de ver quem ouse negar que sou o pai do germezinho que Sita traz em seu ventre.

— Trata de raciocinar com tua cabeça, Nanda! — gritou Shridaman, agitando, exasperado, os vigorosos membros. — Pensa no que és! És Nanda ou quem és?

— Sou Nanda — replicou o outro. — Mas tão certo como qualifico de meu este corpo de esposo e com relação a ele uso o pronome "eu", tão certo é Sita, a das belas cadeiras, minha mulher e seu fruto foi engendrado por mim.

— Deveras? — retrucou Shridaman em voz levemente trêmula. — Será mesmo assim? Eu não me teria atrevido a afirmar isso, quando esse teu corpo ainda era meu e dormia ao lado de Sita. Pois não era ele a quem Sita realmente abraçava, como, infinitamente aflito, depreendi de seus murmúrios e gemidos. Era o que agora possuo. Não é delicado da tua parte, meu amigo, que reavives esse doloroso assunto e me obrigues a tratar dele. Como podes insistir deste modo na tua cabeça, ou melhor, no teu corpo, e fingir que te tenhas transformado em mim e eu em ti? Afinal de contas, é claro que, se houvesse ocorrido tal transmutação e tu te tivesses tornado Shridaman, marido de Sita, e eu Nanda, não existiria, na verdade, nenhuma diferença e tudo estaria como antes. O feliz milagre consiste justamente no fato de que, sob as mãos de Sita, apenas aconteceu uma troca de cabeças e membros, para o regozijo daquelas, que são o essencial. Essa troca tem, antes de mais nada, o desígnio de propiciar alegrias a Sita, a das belas cadeiras. E tu, que te fias obstinadamente no teu corpo de esposo e asseveras ser seu marido, enquanto me relegas ao papel de amigo dos cônjuges, manifestas deplorável egoísmo, pois pensas tão somente em ti e teus pretensos direitos, não, porém, na felicidade de Sita e nas vantagens que ela conseguirá em virtude da troca.

— Vantagens — tornou Nanda, não sem amargura — das quais tencionas orgulhar-te, de modo que também sejam tuas. Teu egoísmo é evidente. É por causa dele que me entendes mal. Pois, na realidade, não me fio no corpo de esposo, que me coube em sorte, e sim na minha própria e legítima cabeça, cuja importância decisiva tu mesmo encareces. É ela que faz com que eu seja Nanda, apesar de sua ligação a um corpo novo, mais fino. Sem razão nenhuma, asseguras que não me preocupo tanto quanto tu com a felicidade e o bem-estar de Sita. Ultimamente, quando ela me contemplava e a mim se dirigia, falava naquela voz melodiosa, docemente vibrante que eu receava ouvir, porque havia o perigo de que eu fosse responder-lhe no mesmo diapasão. Então, fitava meu rosto, pregava os olhos nos meus, como se tentasse ler neles, e chamava-me "Nanda" ou "Querido Nanda", o que a mim se afigurava desnecessário. Mas, como agora vejo claramente, não era em absoluto desnecessário e sim altamente significativo. Pois nisso se revelava que Sita não se referia a meu corpo, que, por si só, não merece nome, como tu mesmo comprovas cabalmente, porquanto, apesar de o possuíres atualmente, continuas, como dantes, a considerar-te Shridaman. Não dei nenhuma resposta a ela e me limitei a dizer o estritamente indispensável, para que minhas palavras não soassem maviosas, insinuantes como as dela. Não a chamei pelo nome. Escondi meu olhar, para que ela não conseguisse decifrá-lo; tudo por amizade a ti e por respeito à tua condição de marido. Mas agora a situação mudou fundamentalmente a meu favor e ao de Sita, já que à cabeça, cujos olhos ela tão profunda e interrogadoramente sondava e à qual dava o tratamento de "Nanda" ou "Querido Nanda", à minha cabeça ainda coube em sorte o corpo do esposo, assim como a esse corpo a cabeça de Nanda. A situação mudou sobretudo a favor dela. Pois, se nos cumpre sobrepor a todo o resto a felicidade e a satisfação de Sita, certamente não se pode imaginar solução mais pura e mais perfeita do que a delineada por mim.

— Nunca! — disse Shridaman. — Realmente não esperava isso de ti. Temia eu que te envergonhasses de meu corpo. Mas, neste momento, meu antigo corpo poderia pejar-se de tua cabeça, tantas são as contradições em que incorres, declarando ora a cabeça, ora o corpo o fator mais importante no matrimônio, assim como melhor te convém. Sempre foste um jovem modesto, e agora, de repente, alçando-te ao píncaro da presunção e arrogância, declaras que tua condição é a mais pura, a mais perfeita do mundo e garante a felicidade de Sita, embora, obviamente, seja eu quem lhe pode oferecer a melhor de todas as situações imagináveis, isto é, a mais afortunada e ao mesmo tempo a mais tranquilizadora. Mas não adianta e não nos leva a nada prolongar a discussão. Aí está Sita. Ela deve dizer a quem pertence e ser arbitradora tanto da nossa como da sua felicidade.

Desnorteada, Sita olhava a um e a outro. Em seguida, cobriu o rosto com as mãos, rebentando em pranto.

— Não posso! — soluçou. — Imploro-vos que não me obrigueis a decidir. Sou apenas uma fraca mulher, e isso ficaria demasiado difícil para mim. No princípio, parecia-me fácil, e por maior que fosse a vergonha que me causava meu erro, sentia-me feliz por causa dele, quando notei que vós dois também ficastes felizes. Mas vossas palavras perturbaram-me e me confrangeram o coração, de modo que metade dele se levanta contra a outra, assim como vós investis um contra o outro. Nas tuas palavras, querido Shridaman, há muita verdade, e nem sequer alegaste, por enquanto, que só posso voltar para casa com um esposo que tenha tuas feições. Mas as opiniões de Nanda, pelo menos em parte, igualmente me convencem, e quando me lembro de quão mísero e insignificante me parecia seu corpo decepado, preciso concordar com ele num ponto: ao chamá-lo certa feita "Querido Nanda", dirigi-me também e talvez até em primeiro lugar à sua cabeça. Mas, uma vez que tu, meu caro Shridaman, usaste o termo "tranquilizador", com relação à minha felicidade, surge o problema imenso, dificilmente solúvel, de dizer o que proporcionará ao meu bem-estar maior tranquilidade, a cabeça ou o corpo do marido. Portanto, não me tortureis. Sou totalmente incapaz de servir de juíza em vossa contenda, e não sei dizer qual de vós dois é meu cônjuge!

— Se assim é — disse Nanda, após um momento de silêncio e perplexidade —, e se Sita não sabe decidir ou escolher entre nós, a sentença tem de ser pronunciada por um terceiro, ou melhor, por um quarto. Quando Sita disse há pouco que só poderia voltar ao lar com um homem que tivesse as feições de Shridaman, pensei comigo que então ela e eu, em vez de nos encaminharmos para casa, deveríamos viver num lugar retirado, desde que ela encontrasse a sua felicidade tranquila em mim, seu esposo pelo corpo. Há muito que me seduz a ideia de morar na solidão de um ermo, pois repetidas vezes tive a intenção de tornar-me eremita, cada vez que a voz de Sita me fazia temer por minha lealdade de amigo. Por isso, tentei travar conhecimento com um asceta experimentado em matéria de autodomínio, de nome Kamadamana, para que ele me instruísse nesse gênero de vida afastada dos homens. Visitei-o na floresta de Dankaka, onde vive e onde a seu redor há muitos santos homens. Seu nome de família é simplesmente Guha, mas na sua função de asceta tomou o apelido de Kamadamana, pelo qual quer ser chamado, nas raras vezes que permite que alguém o aborde. Faz longos anos que habita a floresta de Dankaka, submetido à mais severa observância de banhos e silêncio. Creio que não está longe da transfiguração. Procuremos, pois, esse sábio, que conhece a vida e a venceu. Contemos-lhe a nossa história e deixemos que ele seja nosso juiz, em prol da felicidade de Sita, e decida qual de nós é o esposo. Sua sentença prevaleça.

— Sim, sim — exclamou Sita, aliviada. — Nanda tem razão. Ponhamo-nos à busca do santo!

— Uma vez que percebo — disse Shridaman — que enfrentamos um problema objetivo, que não pode ser solucionado por nosso grupo, mas somente por sabedoria alheia, concordo com a sugestão e disponho-me a sujeitar-me à sentença do sábio.

Estabelecido o acordo, nesse ponto, saíram juntos do santuário da Mãe e voltaram ao veículo, que ainda os aguardava lá embaixo, no desfiladeiro. Ali, surgiu imediatamente a questão de saber qual dos dois homens deveria conduzir a parelha como cocheiro. Pois essa tarefa cabe tanto ao corpo como à cabeça. Nanda conhecia o caminho para a floresta de Dankaka, que ficava a dois dias de viagem. Tinha-o gravado na cabeça, mas Shridaman, pelo seu físico, estava agora mais qualificado para segurar as rédeas, exatamente como Nanda estivera antes. Este cedeu, portanto, a boleia a Shridaman e, sentado atrás dele, ao lado de Sita, ensinou-lhe o rumo que devia tomar.

X.

No terceiro dia, os nossos amigos chegaram à floresta de Dankaka, verdejante devido às chuvas. Estava ela densamente povoada por santos homens, mas era suficientemente grande para propiciar o espaço necessário a seu isolamento e os horrores de um retiro distante de quaisquer vizinhos. Aos peregrinos que avançavam de solidão em solidão não era fácil receber informações quanto ao paradeiro de Kamadamana, o dominador dos desejos. Pois os ermitões que viviam nas redondezas não queriam saber um do outro, e cada qual aferrava-se à convicção de habitar sozinho a vasta floresta, cercado apenas de um ermo total. Havia lá, apartados do mundo, santos de diversas graduações. Alguns tinham passado pelo estágio de chefes de família, e a essa altura, às vezes até em companhia de suas esposas, dedicavam o resto de sua existência a formas moderadas de contemplação. Mas havia também ali iogues extremamente fanáticos, que se entregavam a uma espiritualização sem limites, após terem domado quase que completamente os corcéis de seus sentidos, e combatendo brutalmente a sua carne, por meio de mortificações e castigos, alcançavam o máximo no cumprimento de votos cruéis. Praticavam jejuns monstruosos; em plena época de chuvas, dormiam nus sobre a terra, e na estação fria, trajavam vestes encharcadas. No calor do estio, porém, sentavam-se entre quatro fogueiras, a fim de consumirem a sua matéria terrena, que, em parte, gotejava deles, e em parte, desaparecia, esbraseada. A isso acrescentavam ainda outros tormentos, fosse rolando dias a fio pelo chão, fosse mantendo-se nas pontas dos pés, ao passo que alguns se movimentavam ininterruptamente, sentando-se e levantando-se em rápida sucessão. Se, com exercícios dessa espécie, acometia-os alguma moléstia que fizesse vislumbrar a proximidade da transfiguração, empreendiam a derradeira peregrinação, rumando diretamente para nordeste, e já não se alimentavam nem de ervas, nem de raízes, senão apenas de água e ar, até que o corpo entrasse em colapso e a alma se fundisse com Brama.

Os três que iam em busca de uma decisão encontravam, no seu caminho através das parcelas do isolamento, santos de ambas as espécies. Haviam deixado o carro à beira da floresta dos penitentes, aos cuidados de uma família de eremitas que ali levava uma vida relativamente folgada, ainda gozando de certos contatos com o mundo exterior dos homens. Como já se mencionou, não era fácil descobrir o ermo particular de Kamadamana. Verdade é que Nanda, em outra ocasião, achara o caminho desprovido de marcações, mas, naquele tempo, fizera-o com outro corpo, e a modificação limitava seu senso de orientação e seus instintos. Os habitantes de cavernas ou árvores no interior da floresta não sabiam de nada ou fingiam ignorância. Unicamente com a ajuda das mulheres de alguns antigos chefes de família, as quais, à revelia de seus amos, por mera bondade, indicavam-lhes a direção, alcançaram os amigos a área do santo, após um dia inteiro de procura e mais uma noite passada ao relento. Lá, avistaram a cabeça caiada, com o coque da trança e os braços levantados, semelhantes a galhos secos, a sobressaírem de uma poça pantanosa, na qual ele se mantinha de pé, Deus sabe havia quanto tempo, metido na água até o pescoço, sempre concentrando o espírito, qual ponta de uma flecha.

A reverência pelo ardente zelo do asceta impediu-os de chamá-lo pelo nome. Preferiram aguardar pacientemente que ele interrompesse seu exercício, o que, no entanto, demorou bastante, fosse porque o santo não notava sua presença, fosse justamente porque atentara nela. Tiveram de esperar no mínimo uma hora, a respeitosa distância do charco, até que o santo homem saísse dele, totalmente desnudo, com o lodo a escorrer dos pelos da barba e do corpo. Uma vez que nesse último já não existia virtualmente nenhuma carne, havendo apenas pele e ossos, a nudez, por assim dizer, não revelava coisa alguma. Ao aproximar-se dos que o esperavam, o ermitão varria o solo diante de si, com uma vassoura que apanhara na margem. Fazia-o, como bem sabiam, a fim de não esmagar com os pés alguns seres vivos que porventura lá existissem. Muito menos brandura demonstrou, porém, pelo menos inicialmente, no trato com os visitantes importunos. Ao acercar-se do trio brandiu ameaçadoramente a vassoura em direção a ele, de modo que sob seus passos qualquer coisa irreparável poderia acontecer, exclusivamente por culpa dos amigos.

— Fora daqui, seus basbaques e vadios! — berrou. — Que procurais no meu ermo?

— Ó subjugador dos desejos, Kamadamana — respondeu Nanda, cheio de humildade —, perdoa a audácia de nossa aproximação, a nós que estamos desamparados! Chegamos atraídos pela glória de teu autodomínio, mas o que nos impeliu foi a premente emergência da vida na carne. Tu, ó touro entre os sábios, deverás propiciar-nos teu conselho e pronunciar tua sentença decisiva, desde que estejas disposto a dignar-te. Rogo-te a fineza de lembrar-te de minha pessoa. Em outra ocasião, já ousei recorrer a ti, para poder receber tuas instruções quanto à vida solitária.

— É possível que te reconheça — disse o eremita, perscrutando Nanda com os olhos encovados sob a tremenda vegetação das sobrancelhas. — Teu semblante, no mínimo, não me parece estranho, ao passo que teu corpo passou evidentemente nesse meio-tempo por certo processo de purificação, que talvez possa ser atribuído à tua precedente visita.

— Ele me fez um grande bem — replicou evasivamente Nanda. — Mas a alteração que percebeste em mim tem ainda outra causa e faz parte de uma história cheia de aflições e milagres, que é precisamente a história de nós três, que necessitamos de tua orientação. Ela nos faz enfrentar um problema que, sozinhos, não conseguimos resolver, de modo que carecemos de teu julgamento e de tua sentença. Queremos saber se teu autodomínio é mesmo suficientemente forte para que te possas persuadir a escutar nossas palavras.

— Assim seja — respondeu Kamadamana —, para que ninguém diga que a ele falta força. É bem verdade que meu primeiro impulso foi enxotar-vos dos domínios de minha solidão. Mas isso também teria sido um ato impulsivo daqueles que rejeito e uma tentação à qual pretendo resistir. Pois, se faz parte da ascese evitar o contato com os homens, maior ainda é a abnegação necessária para acolhê-los. Acreditai-me que vossa proximidade e os vapores de vida que trazeis convosco gravemente me oprimem o peito e de modo desagradável me abrasam as faces, como perceberíeis, não fosse a tinta de cinza com que convenientemente arrebiquei o rosto. Estou, todavia, disposto a aguentar as exalações de vossa visita, sobretudo porque, como logo notei, há em vosso grupo uma fêmea com formas que os sentidos qualificam de maravilhosamente belas: esbelta que nem cipós, com macias coxas e exuberantes seios, oh, sim, oh, arre! Formosa é a sua cintura e lindo o semblante com esses olhos de perdiz. Com relação aos seios, repito que são tumescentes e erguidos. Bom dia, mulher! Não é verdade que quaisquer homens que te vejam ficam com os pelos de seus corpos arrepiados de tanta cobiça? Certamente as aflições que acometem as vidas de vós três têm sua causa em ti, armadilha e engodo. Salve! Quanto a esses moços aí, provavelmente os teria despachado sem mais nada, mas uma vez que estás em sua companhia, meu tesouro, podeis ficar enquanto quiserdes. Com real generosidade convido-vos para minha árvore oca, onde vos regalarei com bagas de jujuba, que guardei envoltas em folhas, não para comê-las e sim para renunciar a elas, enquanto à sua vista me alimento de enlameadas raízes, pois esta minha carcaça carece ainda ser abastecida de vez em quando. Vou também aplicar o ouvido à vossa história, sem embargo dos asfixiantes vapores que dela chegarão até mim. Hei de escutá-la palavra por palavra, porquanto jamais ninguém deverá acusar de pusilanimidade a Kamadamana. Na verdade, torna-se às vezes difícil distinguir entre a coragem e a curiosidade, e a insinuação de que possivelmente eu só queira prestar atenção a vós porque no ermo que habito acabei ficando faminto e ávido do bafo da vida, essa insinuação merece ser refutada, além da outra que afirma que a refutação e a invalidação da primeira têm seu motivo unicamente na curiosidade, de modo que cumpriria precisamente aniquilar a esta. Mas, nesse caso, que será do destemor? Dá-se o mesmo com as bagas de jujuba. A respeito delas, também me assalta de vez em quando o pensamento de que as coloque à minha frente, não tanto para renunciar a elas, senão para saborear seu aspecto. A isso respondo impavidamente que a verdadeira tentação reside no prazer de contemplá-las, o qual provoca a vontade de comê-las. Assim sendo, eu tornaria minha existência mais fácil se não as pusesse diante de mim. Contudo, ao fazê-lo, preciso ainda eliminar a suspeita de que só haja lembrado essa réplica a fim de não perder o apetitoso espetáculo, e muito embora não coma as bagas, talvez me delicie ao observar como vós vos deleitais com elas; o que, dado o caráter falaz das múltiplas manifestações do mundo e da diferença entre o eu e o tu, seria quase a mesma coisa que se eu próprio as ingerisse. Em suma, a ascese é um barril sem fundo, um quê insondável, já que nele se entrelaçam as tentações do espírito com as dos sentidos, e ela nos dá o mesmíssimo trabalho brabo que aquela serpente na qual crescem duas cabeças logo que se lhe corte uma. Mas melhor assim, pois o que conta é a intrepidez. Por isso, vinde comigo, criaturas de ambos os sexos, impregnadas dos vapores da vida, acompanhai-me, apesar dos pesares, até o vão de minha árvore e relatai-me a vosso bel-prazer as imundícies de vossas vidas. Vou escutar-vos, para mortificar-me e deste modo anular a censura de que o faça para entreter-me. Nunca se anula bastante!

Com essas palavras, o santo homem, sempre varrendo cuidadosamente o solo diante de si, conduziu-os um bom pedaço de caminho através do matagal, até sua própria moradia, uma imponente e velhíssima árvore de *kadamba*, ainda coberta de folhas verdes, apesar da fenda escancarada em seu tronco. Kamadamana escolhera para sua habitação o musgoso, lamacento interior, não para proteger-se das intempéries, às quais se expunha ininterruptamente, até intensificando o calor com tições acesos, e o frio, molhando o corpo. Apenas o usava como ponto de referência e a fim de ali guardar o que necessitava em matéria de raízes, bulbos e frutas indispensáveis à sua alimentação, e de lenha, flores e ervas para oferendas.

Mandou que os visitantes ali se acomodassem. Sabendo que não passavam de instrumentos do ascetismo, estes se empenhavam sem cessar em mostrar-se humildes e despretensiosos. Como prometera, Kamadamana ofereceu-lhes bagas de jujuba, que os reconfortaram consideravelmente. Entrementes, ele assumia uma posição ascética denominada *kajotsarga*: conservava-se de pé, sem movimentar os membros, dirigindo os braços rigidamente para baixo e retesando os joelhos. De certo modo, conseguia manter separados os dedos não só das mãos, mas também dos pés. Assim concentrava o espírito, qual ponta de flecha, e se quedava em completa nudez, que pouco significava, em virtude da macilência.

Devido à sua cabeça e não à magnificência de seu presente corpo, cabia a Shridaman a incumbência de contar a história que os trouxe a esse sítio. Expôs a divergência que só poderia ser solucionada por uma terceira pessoa, por um rei ou um santo. Narrou tudo com veracidade, assim como nós fizemos; e, em parte, com as mesmas palavras. Para esclarecer o motivo do atrito teria sido suficiente relatar tão somente a fase final, mas a fim de propiciar ao santo homem um pouco de distração no seu isolamento, referiu tudo desde o início, exatamente como acontecera. Começou falando do estilo de vida de Nanda e de seu próprio, de sua amizade, de sua viagem e do descanso à beira do riacho Mosca Dourada. Continuando, descreveu suas mágoas amorosas, o pedido de casamento e as bodas, intercalando devidamente fatos mais remotos, tais como o episódio do balanço, do qual resultou o contato entre Nanda e a encantadora Sita. Sobre outras ocorrências, inclusive as amargas experiências de seu matrimônio, passou de leve, frisando-as apenas discretamente, menos para poupar a si mesmo, já que os braços vigorosos que haviam balançado Sita eram dele agora, da mesma forma que o corpo cheio de vida, com o qual ela sonhara, quando a enlaçavam seus antigos braços. Não, fazia-o em consideração à mulher, para a qual tudo isso devia ser bastante penoso e que, por isso, mantinha, durante toda a narrativa, o rostinho escondido sob o véu bordado.

Graças a sua cabeça, o vigoroso Shridaman revelou-se um excelente, habilidoso narrador. Até mesmo Sita e Nanda, que obviamente conheciam todos os pormenores, gostaram de ouvir contada assim a sua própria história, por horrorosa que ela fosse, e pode-se presumir que também Kamadamana, embora conservasse a imobilidade da posição *kajotsarga* e não demonstrasse nenhuma emoção, achasse-a fascinante. Após ter tratado da medonha façanha que ele e Nanda haviam perpetrado, bem como do congraçamento de Sita, concedido pela Deusa, e do perdoável equívoco acontecido em seguida, terminou formulando a pergunta crucial.

— Assim se deram as coisas — disse. — À cabeça do marido foi afixado o corpo do amigo, ao passo que a cabeça deste recebeu o corpo daquele. Tem a bondade, ó santo Kamadamana, de pronunciar-te com toda a tua sabedoria a respeito da nossa confusa situação! Vamos submeter-nos a tua sentença, aceitando-a como definitiva e agindo em conformidade com ela, pois nós mesmos não conseguimos resolver o problema. A quem pertence esta mulher em toda parte formosa, e quem é de direito seu esposo?

— Sim, dize-nos isto, ó subjugador dos desejos! — exclamou também Nanda em voz intensamente confiante, enquanto Sita retirava rapidamente o véu da cabeça e fixava com grande curiosidade os olhos de lótus em Kamadamana.

Este ajuntou os dedos das mãos e dos pés e suspirou profundamente. Feito isso, agarrou a vassoura, varreu para si um lugar no chão, a fim de afastar qualquer criatura vulnerável, e sentou-se ao lado de seus hóspedes.

— Ufa! — murmurou. — Vós três sois realmente engraçados. Eu deveras esperava ouvir uma história impregnada de miasmas da vida, mas a vossa lança de todos os poros uma fumaceira quase palpável. Suportar o calor de meus quatro tições em plena canícula é mais fácil do que aguentar os bafejos que exalais. Não houvesse o arrebique de cinzas, bem poderíeis avistar o rubor que a narrativa provocou em minhas faces decorosamente macilentas, ou melhor, na minha ossada de asceta. Ai de vós, meus filhos, meus filhos! Como o boi que, de olhos vendados, faz girar o moinho de azeite, andais impelidos ao redor da roda do ser e ainda gemeis de cio, aguçados na trêmula carne pelos seis servos de moleiro, que são outras tantas paixões. Não sois capazes de desistir disso? Deveis mesmo cravar os olhares, lamber os lábios e babar-vos, com os joelhos bambos de volúpia, ao contemplardes o objeto de vossa ilusão? Claro, já sei, já sei! O lindo corpo adorado, de acerbo gozo orvalhado; os membros fléxeis, generosos, lisos por óleos gordurosos; dos ombros a curva provocante; nariz fareja, a boca vai, errante, de seio em seio à procura da suave, inebriante doçura; axilas úmidas de cálido suor, das mãos o pasto de febril amor; formosas costas, ancas serpeando; macios ventres palpitando; braços, que ternamente estreitam; coxas, que cingem e deleitam; e atrás delas a rotunda duplicidade dessa bunda... Por essas armas assanhado, alegremente acariciado, o instrumento da libido, qual lança em riste, erigido, desperta o lúbrico desejo, sem saciá-lo, sem ter pejo, noites a fio, sem cessar... Já sei, já sei, que estou a par!

— Ora, nós também sabemos tudo a respeito desse assunto. Conhecemo-lo perfeitamente, ó grande Kamadamana — disse Nanda, cuja voz revelava uma pontinha de mal refreada impaciência. — Não queres ter a nímia bondade de pronunciar tua sentença, explicando-nos quem é o marido de Sita, para que finalmente nos cientifiquemos e possamos agir de acordo com teu juízo?

— O veredicto — replicou o santo — está virtualmente pronunciado. É óbvio e me admiro de que estejais tão mal informados com relação à ordem e ao direito, a ponto de necessitardes de um árbitro num caso cuja decisão é clara e evidente. Esse pedaço de mau caminho aí é naturalmente esposa daquele que traz sobre os ombros a cabeça do amigo. Pois, nas bodas, estende-se à noiva a mão direita e esta faz parte do tronco, que é do amigo.

Proferindo um grito de júbilo, Nanda levantou-se de um pulo e plantou-se sobre os distintamente formados pés, enquanto Sita e Shridaman, cabisbaixos, permaneciam sentados.

— Mas isso é somente a premissa — continuou Kamadamana, elevando a voz. — A ela se segue a conclusão, que a supera, abafa e converte em verdade. Esperai, portanto!

Dito isso, ergueu-se e se dirigiu ao interior da árvore, de onde tirou uma rústica vestimenta em forma de tanga feita de fina casca. Depois de cobrir com ela a nudez, falou:

— Esposo é quem dele a cabeça tem.
Essa sentença não merece nenhum desdém.

Assim como a mulher é suma delícia e fonte da Poesia,
Cabe à cabeça entre os membros a supremacia.

Foi a vez de Sita e Shridaman alçarem a cabeça e trocarem olhares satisfeitos. Nanda, porém, que já se regozijara muito, objetou timidamente:

— Mas antes disseste o contrário!

— Vale o que eu disse por fim — retrucou Kamadamana.

Dessa maneira, haviam obtido o desejado veredicto, e Nanda, devido ao refinamento de sua nova compleição, era o menos autorizado a opor-se à sentença. Pois fora ele quem propusera recorrer ao santo homem como árbitro. E nada se podia reclamar quanto à irrepreensível elegância com que este fundamentara sua opinião.

Todos os três inclinaram-se diante do ermitão e se afastaram de sua morada. Mas, depois de transporem em silêncio um bom pedaço através da floresta de Dankaka verdejante pelas chuvas, Nanda estacou, para despedir-se do casal.

— Muitas felicidades! — disse. — Daqui por diante, vou seguir meu caminho. Procurarei um lugar ermo para mim e, segundo minha antiga intenção, hei de tornar-me eremita. Com meu físico atual, de qualquer jeito me julgo distinto demais para este mundo.

Nenhum dos outros dois podia censurá-lo por causa dessa resolução. Embora levemente entristecidos, concordaram com ela. Ao amigo que deles se separava, demonstraram a benevolência que se deve a um perdedor. Animando-o, Shridaman bateu-lhe amistosamente no ombro tão seu conhecido e, com extremosa solicitude, tal como raras vezes se dedica a outra pessoa, aconselhou-o a não infligir a seu corpo exagerados castigos e a não comer raízes em excesso, pois sabia que um regime tão monótono não lhe convinha.

— Deixa isso comigo! — respondeu Nanda asperamente e, quando Sita tentava animá-lo com algumas palavras reconfortantes, apenas sacudiu em amargo desalento a cabeça de nariz caprino.

— Não te aflijas em demasia — disse ela — e lembra-te de que, no fundo, pouco falta para que tu mesmo partilhes comigo dos prazeres conjugais em noites legítimas. Fica certo de que afagarei o que era teu com suprema ternura, de uma extremidade a outra! Com mãos e lábios agradecerei a ele minha felicidade e o farei com arte tão refinada quanto me ensinará a Mãe eterna.

— Isso me trará pouco proveito — replicou ele obstinadamente, e seu rosto nem sequer se desanuviou quando ela secretamente lhe sussurrou ao ouvido: — Às vezes, até sonharei com tua cabeça.

A isso, Nanda repetiu apenas, triste e birrento:

— Isso tampouco me adianta.

Assim se separaram, um dos dois. Mas Sita virou-se mais uma vez, para abraçar aquele que já ia a pequena distância.

— Adeus! — disse-lhe. — Tu foste meu primeiro homem, o que me despertou e me ensinou o gozo, tanto quanto o conheço. Que o ressequido santo diga o que disser e julgue o que julgar quanto a mulheres e cabeças, o fruto que trago sob o meu coração vem certamente de ti.

Com essas palavras, voltou correndo para o alentado Shridaman.

XI.

No auge do gozo dos prazeres sensuais, Sita e Shridaman passavam, pois, dias e noites no seu sítio na aldeia do Bem-Estar das Vacas. Nenhuma nuvem empanava por enquanto o céu azul de sua felicidade. As palavrinhas "por enquanto", que certamente indicam uma leve, agourenta perturbação de tal serenidade, foram acrescentadas por nós, que somos estranhos às ocorrências e apenas as narramos. Os que viviam a história, que era sua, não conheciam nenhum "por enquanto" e simplesmente sabiam de sua boa sorte, que ambos deviam considerar invulgar.

Era, com efeito, uma dita tal como raras vezes se encontra na Terra, senão somente nas regiões do Paraíso. A ventura terrestre, a satisfação dos desejos que cabem à grande maioria das criaturas mortais sob as condições da ordem, da lei, da piedade e da ética são módicas e reduzidas. Em toda parte, delimitam-nas proibições e inelutáveis escrúpulos. Privações, renúncias, compromissos ditados por emergências, eis o destino dos seres humanos. Nossa avidez não tem limites, mas sua realização fica parcamente restrita. O insistente "se eu pudesse" choca-se a cada instante com o duro "impossível" e o sóbrio "contenta-se" que nos ensina a vida. Alguma coisa nos é outorgada; muita se nos nega e, via de regra, a esperança de que um dia o que nos foi vedado possa ser concedido permanece um sonho. Sonho paradisíaco; pois as delícias do paraíso devem precisamente provir do fato de que lá se fundem numa e mesma coisa o que é proibido e o que é lícito, de modo que o deleitoso proibido possa cingir-se da imaginária coroa da legalidade, enquanto aquilo que é permitido obtém ainda por cima a atração do proibido. Essa é a única forma sob a qual o homem necessitado pode vislumbrar o paraíso.

Mas foi exatamente essa espécie de felicidade que os caprichos do destino proporcionaram aos cônjuges amantes, após o seu regresso ao "Bem-Estar". Sorveram-na aos goles, quais ébrios... por enquanto. Outrora, o esposo e o amigo tinham sido entes separados para Sita, a despertada para o amor. Agora, porém, ambos se haviam unido numa só pessoa, o que, por sorte, se produzira de tal maneira — e nem poderia ter acontecido diferentemente! — que as melhores partes de cada um dos dois, aquilo que neles construíra o componente principal, tinham-se ajuntado, formando doravante uma unidade nova, à altura de quaisquer expectativas. De noite, no leito conjugal, Sita aninhava-se nos robustos braços do amigo de Shridaman e saboreava aqueles deleites com que antes, sob o delicado peito do esposo, apenas sonhara de olhos fechados. Mas cheia de gratidão beijava em seguida a cabeça do neto de brâmanes. Devia reputar-se a mulher mais privilegiada do mundo, pois possuía um marido composto, por assim dizer, exclusivamente de fatores essenciais.

O metamorfoseado Shridaman, por sua vez, não cabia em si de orgulho e alegria. Ninguém precisava preocupar-se com o fato de que sua transformação pudesse provocar impressões desfavoráveis em Bhavabhuti, seu pai, ou na mãe (cujo nome não aparece na história, porque ela, de qualquer jeito, desempenhava um papel de somenos importância), assim como em outros membros da casa de mercadores brâmanes e nos demais habitantes daquela aldeia vizinha a um templo. A ideia de que a propícia modificação do físico de Shridaman talvez resultasse de algum ato ilícito, quer dizer, de algo contrário às leis da Natureza (como se as coisas conformes a essas leis fossem as únicas realmente lícitas), essa ideia poderia ter surgido mais facilmente se Nanda, também ele modificado, ainda se encontrasse junto ao amigo. Mas este estava longe e levava na floresta a vida de um ermitão, para a qual anteriormente já manifestara certos pendores. Por isso, a mudança de seu corpo, que, em confronto com a de Shridaman, possivelmente teria provocado comentários, permanecia despercebida. Somente Shridaman se exibia aos olhares de todos, com o vigor de seus embelezados membros trigueiros que aqueles que o notavam certamente atribuíam com plácida aprovação ao efeito amadurecedor da felicidade conjugal. É escusado dizer que o senhor e esposo de Sita continuava a vestir-se segundo as leis de sua cabeça e não usava, ao modo de Nanda, um pano ao redor da cintura, nem tampouco braceletes de pedras ou colares de contas. Trajava, como sempre fizera, as calças envolventes e a túnica de algodão. O que nesse pormenor ficava cabalmente demonstrado era a importância decisiva, indubitável, da cabeça para a personalidade de um ser humano aos olhos de toda a gente. Procure imaginar que seu mano, seu filho ou um concidadão qualquer entre pela porta exibindo sobre os ombros a bem conhecida cabeça, e veja se, mesmo que haja algo desusado no resto de suas pessoas, pode-se alimentar a menor dúvida quanto à identidade real desses homens!

Em nossa narrativa, demos a primazia à descrição elogiosa da ventura conjugal de Sita, assim como o próprio Shridaman, logo depois de sua metamorfose, pensou, antes de mais nada, no proveito que esta causaria à sua querida esposa. Mas, como é fácil entender, sua própria felicidade era totalmente igual à dela e apresentava o mesmíssimo caráter paradisíaco. Não podemos, na verdade, insistir o bastante com os ouvintes em que se ponham na situação incomparável de um amante que, depois de afastar-se, profundamente entristecido, da bem-amada, por perceber que ela ansiava pelas carícias de outrem, agora, subitamente, vê-se em condições de oferecer-lhe o que ela tão intensamente almejava. Ao dirigirmos a atenção do nosso público à boa sorte de Shridaman, somos tentados a julgá-la ainda maior do que a da encantadora Sita. O amor pela filha de Sumantra, a linda donzela de tez dourada, que se apossou de Shridaman quando a espiava no banho ritual, esse amor tão ardente, tão sério, que assumira nele, para a hilaridade vulgar de Nanda, a aparência de uma enfermidade fatal e a convicção da iminência de sua morte, essa paixão violenta, dolorosa e, no fundo, terna, inflamada por uma formosa imagem, à qual ele logo se apressou a conferir dignidade humana, em suma, aquele fervor originado da combinação da beleza sensual com a espiritual proviera obviamente de toda a sua personalidade, mas acima de tudo e essencialmente fora originado por sua cabeça de brâmane, dotada, graças à mensagem da Deusa, de elevados pensamentos e poderosa imaginação. O corpo, suave acessório de tal cabeça, não tinha sido, como se evidenciara no matrimônio, companheiro inteiramente equivalente da mesma. A esta altura, porém, exortamos insistentemente os ouvintes a que se esforcem por acompanhar no seu íntimo a ventura e a satisfação de um ente que tenha recebido em complemento a uma fogosa, nobre, séria, sutil cabeça um corpo alegre, normal, um corpo abundante de singela força, apto a içar-se ao nível da paixão do espírito inerente à dita cabeça! Ocioso será idear as delícias do paraíso ou, em outras palavras, a vida no divino Bosque do Regozijo, sob outra imagem que não a dessa perfeição.

Nem sequer aquele agourento "por enquanto" (que na verdade lá em cima não existe) faz diferença nesse caso, uma vez que não assoma na consciência do desfrutador da felicidade, senão apenas na mente daquele que narra a história e dá forma a ela, de modo que por isso o empanamento permanece objetivo e impessoal. E no entanto, cumpre assinalar que desde cedo, depois de bem pouco tempo, algo dele começou também a insinuar-se na esfera pessoal. Talvez tenha ele desempenhado a partir do início sua função terrestre de restrição e condicionamento, certamente alheia ao paraíso. Deve-se mencionar neste ponto que Sita, a das lindas cadeiras, cometeu aquele erro ao executar a condescendente ordem da Deusa da maneira que foi por nós descrita: errou, não somente por ter realizado o trabalho com cega precipitação, mas também porque possivelmente não agiu de forma apenas irrefletida. Essa frase foi maduramente ponderada e carece ser bem compreendida.

A magia de *Maya*, que sustenta o mundo com a lei fundamental da vida, baseada na ilusão, no logro, na fantasia, e que enfeitiça todos os seres, em parte alguma se manifesta mais forte e mais zombeteiramente do que no desejo amoroso, no terno anseio que impele um indivíduo em direção a outro. É precisamente esse impulso o suprassumo, o exemplo por excelência de qualquer apego, enlace e emaranhamento, de quaisquer quimeras que alimentem a existência e a induzam à sua continuação. Não é por acaso que a Volúpia, sagaz esposa do Deus do Amor, foi apelidada de "Dotada de *Maya*". Pois é ela quem torna encantadora e desejável toda aparência, ou melhor, faz com que assim apareça. Ora, a palavra "aparência" contém em si o elemento sensorial do mero "parecer", e este, por sua vez, anda ligado à ideia de ilusão e formosura. Foi a Volúpia, divina trapaceira, que, no sítio dos banhos rituais de Durgâ, revestiu o corpo de Sita de tão fulgurante beleza e o tornou tão venerando, tão adorável aos olhos dos dois jovens, mas sobretudo aos de Shridaman, sempre propenso a entusiasmar-se. Devemos lembrar-nos também da alegria e da gratidão que encheu os amigos, quando observavam como a banhista virava a cabecinha e notavam que esta era igualmente linda, quanto ao narizinho, aos lábios, às sobrancelhas e aos olhos, de modo que a beleza do corpo não ficava em absoluto privada de valor e importância por um semblante feio. Basta recordarmos esse fato para que entendamos a que ponto o homem se deixa obcecar não só pelo objeto almejado, mas também pelo próprio almejo. Tanto assim que, em vez de procurar o desencantamento, anseia por embriaguez e cobiça, temendo antes de mais nada chegar a ser desiludido, isto é, desprovido de ilusões.

Agora, porém, prestai atenção: o fato de os jovens se preocuparem com a questão de ser bonita ou não a carinha da moça espiada no banho, esse fato demonstra o quanto depende o corpo, com relação a seu significado e valor *Maya*, da cabeça à qual pertence. Com muita razão declarara Kamadamana, o subjugador dos desejos, que à cabeça cabia a supremacia entre os membros, e baseara sua sentença nessa afirmação. Pois realmente é a cabeça decisiva para a aparência e para a qualidade amorosa do corpo também. É dizer pouco que este não é mais o mesmo, quando se une a outra cabeça. Que se modifique um traço, uma linhazinha expressiva do rosto, e o todo já não é o mesmo de antes. Nisso residia o erro cometido por Sita. Ela julgava-se feliz por ter incorrido nele, uma vez que se lhe afigurava paradisíaco — e talvez lhe tenha parecido assim antecipadamente! — possuir o corpo do amigo sob o signo da cabeça do esposo. Ela não previra, porém, e na sua felicidade por enquanto não admitia, que o corpo de Nanda combinado com a cabeça de Shridaman, de nariz afilado, de olhos meigos, pensativos e de suave barba em forma de leque a cingir as faces, cessara de ser igual, deixara de ser o exuberante corpo de Nanda e se tornara outro, diferente.

Era outro imediatamente e a partir do primeiro instante, devido à sua *Maya*. Mas não estamos falando apenas dela. Pois, com o tempo — o tempo que, por enquanto, Shridaman e Sita passavam em pleno gozo dos prazeres sensuais, entregues a incomparáveis deleites amorosos — o almejado e obtido corpo do amigo (se é que o corpo de Nanda sob o signo da cabeça de Shridaman ainda pode ser considerado como tal, já que a essa altura o longínquo corpo do esposo se convertera no de Nanda), com o tempo, digo, e aliás num lapso relativamente breve, o corpo de Nanda, encimado pela veneranda cabeça do esposo, tornou-se na verdade outro, independentemente de qualquer *Maya*, por assumir, sob a influência da cabeça e das leis desta, peculiaridades do cônjuge.

Isto é o destino normal e o resultado comum da vida matrimonial. Sob esse aspecto, a melancólica experiência de Sita não divergia muito da de outras mulheres, que bem cedo já não reconhecem no fleumático marido o ardoroso, lépido moço que as cortejara. Mas, em nosso caso, tal evolução habitual, muito humana, tinha motivos especialmente sérios e fundados.

A cabeça de Shridaman demonstrava sua influência decisiva desde logo pelo fato de o senhor e esposo de Sita vestir seu novo corpo em seu estilo antigo e não no de Nanda. Também se negava a untar a pele, à maneira deste, com óleo de mostarda, pois Shridaman, em virtude de sua cabeça, não tolerava o cheiro no próprio corpo e evitava o uso do cosmético, o que causou leve decepção a Sita. Esta ficou igualmente um tanto desapontada, porque a posição de Shridaman ao sentar-se no chão era determinada, como é escusado dizer, pela cabeça e não pelo corpo, de modo que ele não se dignava acocorar-se à maneira do povo assim como Nanda fazia habitualmente, preferindo estender as pernas para o lado. Mas tudo isso eram apenas bagatelas manifestadas nos primeiros tempos.

Shridaman, o neto de brâmanes, prosseguia, não obstante o corpo de Nanda, sendo o que fora e vivendo como antes. Não era nem ferreiro nem pastor, e sim um *vanidja* e filho de *vanidja*, que assistia a seu progenitor no honrado comércio, e quando as forças do pai declinavam, aos poucos encarregava-se da chefia. Não manejava nunca o pesado martelo, tampouco levava o gado ao pastor na montanha do Pico Multicor. Em vez disso, comprava e vendia cassa e cânfora, seda e chita e também pilões para triturar arroz ou gravetos para prover a gente de Bem-Estar das Vacas. Entrementes, nas horas de lazer, lia os Vedas. Não era, portanto, de admirar, por mais milagrosa que nossa história possa parecer, que os braços de Nanda em breve perdessem muito de seu vigor e definhassem lentamente, ao passo que o peito, estreitando--se, ficava menos rijo e na barriguinha depositava-se novamente alguma gordura. Em suma: o corpo de Shridaman assemelhava-se cada vez mais ao que tinha sido o do esposo. A própria mecha do "Bezerro da boa sorte" começou a minguar, não desaparecia inteiramente, porém ficava mais e mais rala, de modo que mal se podia reconhecer nela o sinal de Krishna. Sita, a esposa, constatou-o com um quê de melancolia. É, no entanto, inegável que, independentemente de qualquer fluxo de *Maya*, essas modificações reais eram acompanhadas de certo refinamento, ou se quiserem, de um enobrecimento, no sentido que brâmanes e mercadores dão a essa palavra, pois não apenas clareava a pele de Shridaman, mas também ficavam menores e mais delgados os pés e as mãos, mais esbeltos os joelhos e os tornozelos. Somando tudo, o exuberante corpo do amigo, que na sua condição anterior fora o essencial, convertia-se num manso anexo, em mero acessório de uma cabeça, a cujos generosos impulsos bem cedo já não queria nem podia corresponder com a mesma perfeição paradisíaca, até que, por fim, apenas a secundava com certo enfado.

Eis o que foi a experiência matrimonial de Sita e Shridaman depois das verdadeiramente incomparáveis alegrias da lua de mel. Na verdade, o que se dava não ia a ponto de o corpo de Nanda retransformar-se real e completamente no de Shridaman de modo que tudo voltasse a ser como dantes. Isso não! Na nossa narrativa não tencionamos exagerar. Acentuamos, pelo contrário, o condicionamento da metamorfose física e sua limitação a certos fatores inconfundíveis. Fazemo-lo para que se compreenda o fato de nos defrontarmos com um efeito recíproco entre a cabeça e os membros. Pois a própria cabeça de Shridaman, que determinava os sentimentos do eu e do meu, sofreu igualmente uma alteração adaptadora, que talvez se explique, sob o ponto de vista das ciências naturais, pelo nexo existente entre os líquidos que percorrem a cabeça e o corpo. Porém, sob o prisma da filosofia, requer ponderações mais elevadas.

Há uma beleza espiritual e outra que fala aos sentidos. Há, contudo, certas pessoas que querem restringir o belo exclusivamente ao campo dos sentidos e dele apartar completamente o espiritual, com o resultado de uma cisão sistemática entre o espírito e a beleza. Nisso se baseia o ensinamento dos patriarcas védicos, que reza: "Nos mundos existem tão somente dois gêneros de beatitude: a que provém dos prazeres do corpo e a que tem sua origem na serenidade redentora do espírito". Mas dessa doutrina da felicidade conclui-se logo que entre o belo e o espiritual não há a mesma oposição que separa o belo do feio, e que a relação em ambos os casos é somente sob certas condições idêntica. O espiritual não é sinônimo do feio ou, pelo menos, não o é necessariamente, pois reveste-se de beleza, ao reconhecer e amar o belo. Esse sentimento manifesta-se sob a forma da beleza espiritual e não é, no fundo, inteiramente absurdo nem desprovido de esperança, porque, pela lei da atração dos opostos, o belo também anseia pelo espiritual, admirando-o e acolhendo-lhe com agrado a corte. Nosso mundo não está constituído de tal maneira que ao espírito caiba amar unicamente coisas espirituais e à beleza apenas o belo. O contraste existente entre os dois deixa perceber, com uma nitidez ao mesmo tempo espiritual e bela, que a meta do mundo é a união de espírito e beleza, isto é, a perfeição e já não a felicidade cindida. E nossa história atual nada mais é que um exemplo das complicações e dos reveses ocorridos durante a busca de tal meta.

Por engano, Shridaman, filho de Bhavabhuti, recebera um belo, robusto corpo para completar uma nobre cabeça, na qual se expressava o amor ao belo, e devido ao espírito de que dispunha, vislumbrara logo algo triste no fato de que o alheio, ao tornar-se seu, cessara de ser objeto de admiração; ou em outras palavras: que ele próprio chegara a ser aquilo que antes fora objeto de almejo. Essa "tristeza", infelizmente, revelou-se nas modificações que ocorriam à sua cabeça em conexão com o novo corpo, pois elas eram as que costumam sofrer cabeças que, em virtude da posse do belo, perdem total ou parcialmente o amor a este, e por conseguinte, também a beleza espiritual.

Fica em suspenso a questão de saber se esse processo não se teria consumado de qualquer modo, até sem a troca de corpos e simplesmente por causa da conquista matrimonial da linda Sita. Já mencionamos o caráter normal de tal evolução, que apenas foi intensificada e agravada por circunstâncias especiais. Seja como for, ela não passa de um fato interessante para o ouvinte que a observe objetivamente. Mas para a linda Sita era doloroso e decepcionante constatar que os lábios finos, distintos do esposo ficavam mais grossos e mais cheios sob a barba, até que finalmente se convertessem em polpudos beiços. Ela viu também que o nariz antes afilado que nem um gume de faca tornava-se mais carnudo além de mostrar evidente tendência para achatar-se e assumir forma caprina, ao passo que nos olhos, por sua vez, apareciam sinais de uma jovialidade um tanto apática. Com o tempo, resultava disso um Shridaman com refinamento do corpo de Nanda e engrossamento da própria cabeça. Já não havia nele nada que estivesse certo. Por isso, sobretudo por isso, o narrador pede à audiência compreensão quanto àquilo que Sita sentia em face desse processo, uma vez que ela não podia deixar de tirar das modificações acontecidas com o marido conclusões relativas a alterações semelhantes que talvez se tivessem operado no corpo do amigo.

Então, se lembrava do corpo do esposo, ao qual abraçara naquela noite de núpcias não propriamente deslumbrante, mas mesmo assim sagrada e despertadora, desse corpo que ela já não possuía, ou se preferem, ainda não possuía, por se ter tornado o do amigo. Recordando esse corpo, não duvidava que a *Maya* de Nanda devia ter entrado nele; não duvidava tampouco onde, a essa altura, encontrar-se-ia a mecha do "Bezerro da boa sorte". Também pressupunha com quase absoluta certeza que na cândida cabeça do amigo, que agora coroava o corpo do esposo, processara-se um refinamento parecido com o que ocorrera no corpo do amigo encimado pela cabeça do marido. Esse pensamento, mais ainda do que o precedente, enternecia-a profundamente e a privava de sossego, de dia e de noite, inclusive nos moderados braços de seu senhor e cônjuge. O solitário, embelezado corpo do esposo estava presente em sua imaginação, que o vislumbrava ligado à pobre, ora refinada cabeça do amigo, a sofrer espiritualmente por ficar separado dela.

Saudade e compaixão de Nanda, que tão longe estava, originavam-se nela, fazendo com que cerrasse os olhos durante o amplexo conjugal de Shridaman e, em pleno gozo, empalidecesse de mágoa.

XII.

Quando sua hora chegou, Sita deu a Shridaman o fruto de seu ventre, um menino, que recebeu deles o nome de Samadhi, o que significa "compostura". Agitaram um rabo de vaca por cima do recém-nascido, a fim de afastar de seu caminho qualquer desgraça, e puseram-lhe na cabeça esterco bovino na mesma intenção. Tudo como de praxe. Era grande a alegria dos pais (se esta é a palavra apropriada). Pois o menino não nascera nem pálido nem cego. É bem verdade que sua pele era muito clara, o que talvez se explicasse pelo sangue *kshatriya* ou guerreiro da mãe. Mais tarde se verificou nele acentuada miopia. Assim, as profecias e as crenças populares costumam cumprir-se. Cumprem-se de modo um tanto vago, levemente ambíguo, permitindo que se afirme que se realizaram, como também que se conteste o fato.

Devido à vista curta, Samadhi foi posteriormente apelidado de Andhaka, quer dizer, "ceguinho", o que, aos poucos, suplantou o nome verdadeiro. Mas essa debilidade emprestava a seus olhos de gazela um brilho suave, atraente, a ponto de torná-los ainda mais belos que os de Sita, com os quais, de resto, se pareciam. Nitidamente, Samadhi saiu muito mais a ela do que a qualquer um dos dois pais. A mãe constituía aliás o elemento claro, inequívoco de sua origem, motivo por que sua formação como que se sentira dependente dela. Samadhi era, portanto, um menino formosíssimo, e quando, após o término da enfadonha fase das fraldas sujas, crescera um pouco, revelou-se simplesmente modelar quanto à harmonia e ao vigor dos membros. Shridaman amava-o como à própria carne, e em sua alma delineavam-se certos sentimentos de renúncia, com o desejo de abandonar ao filho as tarefas da vida e de viver exclusivamente nele.

Porém, os anos em que Samadhi-Andhaka se desenvolvia encantadoramente no colo da mãe e em seu berço suspenso eram justamente os mesmos nos quais se processavam as alterações na cabeça e no corpo de Shridaman que acabamos de descrever. Através delas toda a sua personalidade se transformava tão decisivamente na de um marido típico, que Sita já não o aturava. A compaixão com o longínquo amigo, a quem considerava progenitor de seu garotinho, chegou a invadi-la com força irresistível. O almejo de revê-lo sob a forma que ele devia ter assumido por obra da lei da correspondência, e de apresentar-lhe o belo fruto de seu ventre, para que o amigo também se alegrasse com o aspecto da criança, esse almejo tomou conta de toda sua alma, sem que, no entanto, ousasse comunicá-lo ao marido. Mas, quando Samadhi fazia quatro anos, chamado Andhaka por quase toda a gente, e começava a andar a passo ainda trôpego, Shridaman encontrava-se numa viagem de negócios. Foi nessa época que Sita resolveu escapulir-se e, custasse o que custasse, procurar o ermitão Nanda, a fim de consolá-lo.

Numa madrugada de primavera, ainda antes do amanhecer, à luz das estrelas, calçou as sandálias de peregrina, tomou numa das mãos o comprido bordão e, com a outra, agarrou a do filhinho, que vestia uma camisa de algodão de Calicute. Despercebida, com um saco de provisões nas costas, caminhando sem rumo certo, afastou-se do lar e da aldeia.

O destemor com que enfrentou a fadiga e os perigos da jornada demonstra a enorme intensidade de seu desejo. Pode ser que seu sangue de guerreiro, por mais diluído que fosse, auxiliasse-a no seu empreendimento, e certamente se mostravam úteis sua beleza e a do menino, pois todo mundo ajudava prazenteiramente com conselhos e atos à encantadora peregrina com seu companheiro de olhos brilhantes. Às pessoas que encontrava dizia que andava à procura do pai da criança, seu marido, que, tomado de irresistível vontade de contemplar a essência do ser, encaminhara-se à floresta e lá se tornara eremita. Queria, como explicava, levar-lhe o filho, para que ele o instruísse e o abençoasse. Também esse propósito abrandava os corações da gente e fazia com que todos se tornassem respeitosos e solícitos. Nas aldeias e nos povoados, Sita obtinha leite para o garoto, e quase sempre conseguia um pouso para si e a criança, fosse num galpão, fosse no banco de barro de um forno. Frequentemente, plantadores de juta ou arroz levavam-nos por grandes distâncias em suas carroças, e quando não havia tal gênero de transporte, prosseguia Sita intrepidamente na jornada, apoiada no bordão, pela poeira da estrada. Segurava a mão de Andhaka, que dava dois passos a cada um dela e com seus olhos brilhantes enxergava apenas um pequeno trecho do caminho à sua frente. Sita, porém, avistava ao longe o espaço a ser vencido e jamais perdia de vista a meta de sua saudade e compaixão.

Desse modo, alcançou a floresta de Dankaka. Pois supunha que fosse ali que o amigo tivesse procurado um lugar ermo. Porém, logo após a chegada, soube pelos santos homens aos quais interrogava que ele lá não estava. Muitos não podiam ou não queriam informá-la, mas algumas esposas de eremitas não somente acariciavam o pequeno Samadhi e lhe davam comida, como também, por pura bondade, diziam à mãe onde se encontrava Nanda. Pois o mundo dos retirados é igual aos outros mundos, onde os que neles vivem estão a par de tudo e nunca faltam fofocas, críticas, ciumeiras, bisbilhotices e rivalidades. Nenhum ermitão ignora onde moram os outros e o que fazem. Por isso, aquelas obsequiosas mulheres eram capazes de revelar a Sita que o solitário Nanda estabelecera seu retiro nas proximidades do rio Gomati, o rio da Vaca, a sete dias de caminhada em direção ao sudoeste. Acrescentavam que se tratava de um sítio aprazível, com árvores, flores e trepadeiras de toda espécie, abundante de pássaros canoros e povoado de bandos de animais. Na beira do rio havia raízes, tubérculos e frutas em quantidade. Somando tudo, parecia que Nanda escolhera para seu retiro um lugar por demais agradável, e os mais rigorosos entre os santos homens não levavam muito a sério o ascetismo dele, ao que acrescia que ele se alimentava sem excessiva frugalidade do que lhe oferecia a floresta em matéria de frutas, de arroz silvestre na época das chuvas e às vezes até de aves assadas. Não observava outros votos além dos que se referiam aos banhos e ao silêncio, e na realidade levava apenas a vida contemplativa de um homem atribulado, desiludido. Quanto ao caminho que a ele conduzia, não haveria descomunais dificuldades ou obstáculos, a não ser o desfiladeiro dos salteadores, a garganta dos tigres e o vale das cobras, onde, de fato, seria necessário prestar muita atenção e armar-se de boa dose de coragem.

Assim instruída, Sita despediu-se das prestativas mulheres da floresta de Dankaka, e cheia de reanimadas esperanças, continuou sua viagem. Bafejada pela sorte, superou os empecilhos que todos os dias se apresentavam em sua rota, e quem lhe guiava os passos talvez fosse Kama, o deus do Amor, aliado a Shri-Lakshmi, Senhora da Fortuna. Incólume, atravessou o desfiladeiro dos salteadores. Orientada por gentis pastores, contornou a garganta dos tigres, e no vale das cobras, que era impossível evitar, carregou nos braços, durante toda a jornada, o pequeno Samadhi-Andhaka.

Mas, quando chegou ao rio das Vacas, voltou a levá-lo pela mão e com a outra apoiava-se no bordão. Era uma manhã cintilante de orvalho. Por algum tempo, caminhava ao longo da orla florida. Em seguida, como fora ensinada, dirigiu-se ao interior, pela planície, rumo a um capão, atrás do qual o sol começava a subir, iluminando com clarões de fogo as flores rubras da *ashoka* e das árvores de *kimshuka*. O fulgor da alvorada ofuscava-lhe os olhos, mas, colocando a mão por cima deles, à maneira duma pala, distinguiu à beira da floresta uma choupana coberta de palha e casca de árvores e, atrás dela, um moço vestido de ráfia, o qual consertava com um machado parte do madeiramento. Enquanto se aproximava mais ainda, percebia que os braços dele eram vigorosos como aqueles que a haviam balançado em direção ao Sol. Mas o nariz do jovem descia em delicada curva sobre os lábios nada grossos e não podia em absoluto ser qualificado de caprino.

— Nanda! — gritou ela, com o coração esbraseado de alegria. Pois ele se lhe afigurava igual a Krishna, transbordante da seiva de exuberante ternura. — Nanda, olha, é Sita, que veio visitar-te!

Eis que ele deixou cair o machado e correu ao encontro dela. Tinha no peito a mecha do "Bezerro da boa sorte". Saudou-a com inúmeras palavras de boas-vindas e nomes carinhosos, pois havia muito tivera saudade de sua presença integral, em corpo e alma.

— Chegaste finalmente — exclamou —, ó meiga lua, ó tu dos olhos de perdiz, ó tu, em todos os membros bela e linda na tez, ó tu, Sita, minha esposa de maravilhosas cadeiras! Quantas noites não sonhei que fosses ter comigo, o solitário enxotado, através das lonjuras, e agora vieste realmente! Passaste pela garganta dos salteadores, pelo jângal dos tigres e pelo vale das serpentes, que eu pus propositadamente entre nós, irado por causa da fatídica sentença! Ah, que soberba mulher! E quem é aquele que trazes contigo?

— É o fruto com que me brindaste na sagrada noite nupcial, quando ainda não eras Nanda — respondeu Sita.

— Não deve ter sido grande coisa — observou ele. — Como se chama o menino?

— Samadhi — replicou a mãe —, mas cada vez mais assume o nome de Andhaka.

— Por quê? — perguntou Nanda.

— Não penses que é cego! — replicou. — Não é e tampouco se

deve qualificá-lo de pálido, apesar da brancura de sua pele. Porém tem de fato a vista muito curta, de modo que não enxerga mais de três passos à sua frente.

— Isso tem suas vantagens — disse ele.

Sentaram então o garoto na relva a alguma distância da cabana e deram-lhe flores e nozes com que brincar. Assim, ficava ocupado, e o brinquedo ao qual eles mesmos se entregavam, envoltos pelo perfume das flores de mangueira, que na primavera intensificam os deleites do amor, e estimulados pelos melodiosos trilos do *kokil*, que ressoavam das ensolaradas copas das árvores, esse brinquedo permanecia fora do alcance da visão do menino.

A história prossegue contando que a felicidade conjugal destes dois amantes durou somente um dia e uma noite. Pois o sol ainda não surgira pela segunda vez por cima do capão coberto de flores rubras, atrás da cabana de Nanda, quando Shridaman ali chegou. Ao regressar à sua casa abandonada, compreendera logo aonde se dirigira a esposa. Os familiares, na aldeia do Bem-Estar das Vacas, que o informaram, apreensivos, do sumiço de Sita, certamente haviam esperado que a ira do marido fosse inflamar-se como uma fogueira sobre a qual se derramasse manteiga. Mas nada disso aconteceu. Shridaman limitou-se a sacudir lentamente a cabeça, como faz um homem que está a par de tudo. Não se pusera a perseguir a mulher a toda pressa, fumegando de raiva e desejando vingar-se, senão partira sem demora, mas também sem precipitação, rumo ao retiro de Nanda. Ora, havia muito sabia onde este se encontrava. Apenas ocultara o fato a Sita, a fim de não apressar o desenlace trágico.

Aproximava-se devagarzinho, cabisbaixo, montando um iaque. À frente da cabana, sob a luz da estrela-d'alva, apeou-se e nem sequer perturbou o amplexo do casal no interior. Sentou-se, esperando que a alvorada o interrompesse. Pois seu ciúme não era da espécie furiosa que normalmente se sente entre pessoas desunidas. Purificava-o a consciência de que o corpo com o qual Sita renovava os votos nupciais era o seu próprio de outrora, e o que ali se perpetrava podia ser considerado um ato de fidelidade tanto como também de traição. O conhecimento da essência do ser ensinara a Shridaman que, no fundo, não tinha nenhuma importância com quem dormisse Sita, com o amigo ou com ele mesmo, já que ela sempre estaria com ambos, mesmo que um deles não tirasse disso proveito algum.

Assim se explicam a falta de pressa na viagem e a serena paciência com que, sentado diante da cabana, aguardava o amanhecer. Mas a continuação da história demonstra que Shridaman, apesar disso, não tinha a intenção de dar livre curso às coisas. Veremos que ao nascer do sol, enquanto o pequeno Andhaka ainda dormia, Sita e Nanda saíram da cabana, trazendo toalhas em volta do pescoço, com o intuito de se banharem no rio vizinho. Avistaram logo a Shridaman sentado de costas para eles, sem se virar, quando ambos se acercaram. Pondo-se à frente do amigo e esposo, cumprimentaram-no respeitosamente e, em seguida, fundiram suas vontades com a dele, uma vez que reconheciam a necessidade de aceitar o que ele, durante a jornada, decidira quanto ao destino de todos os três e à solução do complicado problema.

— Shridaman, meu senhor com a veneranda cabeça de meu marido — disse Sita, inclinando-se profundamente diante dele. — Saúdo-te. Não penses que tua vinda nos seja importuna e horrível! Pois onde estiverem dois de nós, sempre faltará o terceiro. Por isso, perdoa-me porque não mais pude ficar contigo! Irresistível compadecimento atraiu-me à solitária cabeça do amigo.

— E ao corpo do marido — respondeu Shridaman. — Perdoo-te. E perdoo a ti também, Nanda, como tu igualmente me deves perdoar, porque, valendo-me do julgamento do santo homem, fiquei com Sita, considerando unicamente os próprios sentimentos do eu e do meu, sem me preocupar com os teus. É bem verdade que tu terias procedido da mesma forma, se a sentença do venerando eremita te houvesse favorecido. Pois, na insânia e nas partilhas da vida, é destino das criaturas ofuscarem mutuamente a luz, umas às outras. Em vão os melhores anseiam por uma existência na qual o riso de um não mais provoque o pranto de outrem. Por demais insisti na minha cabeça, que se regozijava de teu corpo. Pois com estes braços atualmente já um tanto emagrecidos, balançaste Sita em direção ao Sol, e em nossa nova distribuição, alimentei a ilusão de ser capaz de oferecer a ela tudo o que desejava. Mas o amor almeja o todo. Por isso, tive que notar que Sita se aferrava a tua cabeça, Nanda, e abandonava o meu lar. Se eu pudesse acreditar agora que ela encontraria em ti, meu amigo, duradoura felicidade e satisfação, seguiria meu caminho e escolheria a casa de meu pai para meu retiro. Mas não o creio! Na posse da cabeça do marido acima do corpo do amigo, ansiava ela pela cabeça deste sobre o corpo do esposo. Da mesma forma, sentiria saudade e compaixão da cabeça do marido sobre o corpo do amigo e não encontraria nem calma nem saciedade, uma vez que o longínquo marido sempre se converteria no amigo a quem ama. A ele levaria nosso filhinho Andhaka, pois o consideraria o pai. No entanto, não poderá viver com os dois, já que a poliandria é ilícita entre seres superiores. Tenho ou não razão, Sita, no que digo?

— Infelizmente, meu amo, é assim como explicaste — respondeu ela. — Mas o pesar que expresso na palavra "infelizmente" refere-se somente a uma parte de tua exposição e não ao fato de que a abominável poliandria não entra em questão para uma mulher como eu. A esse respeito, não digo "infelizmente" e, pelo contrário, orgulho-me de minha atitude, pois do lado de meu pai, Sumantra, corre ainda nas minhas veias um pouco de sangue de guerreiros, e tudo em mim se revolta contra uma coisa tão abjeta como é a poliandria. Apesar de toda a fraqueza e confusão de meus sentidos, tenho o amor-próprio e a dignidade de um ser superior.

— Não esperava outra coisa — tornou Shridaman —, e podes ter certeza de que considerei desde o começo essa tua posição independente de tua fraqueza feminina. Uma vez que não podes viver com ambos, não duvido de que esse mancebo aí, meu amigo Nanda, com o qual troquei de cabeça, ou se quiseres, de corpo, não duvido, pois, de que ele concordará comigo em que nós dois tampouco poderemos viver assim. Então somente nos resta desfazer-nos de nossa condição trocada e reunir nossas essências novamente com o Todo Universal. Ora, quando o indivíduo se enreda num conflito igual ao nosso, melhor é fundi-lo na chama da vida como uma oferenda de manteiga no fogo do sacrifício.

— Tens perfeitamente razão, Shridaman, meu mano — disse Nanda. — Podes contar com minha aprovação às tuas palavras. Realmente não sei o que nós dois ainda poderíamos esperar da carne, já que ambos nos remimos de nossos desejos e dormimos ao lado de Sita. A meu corpo coube deliciar-se com ela na consciência de tua cabeça e ao teu na consciência da minha, assim como ela se regozijou de mim sob o signo da tua e de ti sob o da minha. Mas nossa honra pode ser considerada intata, porquanto foi apenas com teu corpo que enganei tua cabeça, e ficamos quites porque a formosamente cadeiruda Sita traiu meu corpo com minha cabeça. Felizmente Brama nos poupou da pior infâmia, não permitindo que eu, depois de ter dado a ti o rolo de bétele em sinal de minha lealdade, enganasse-te com ela como Nanda, de corpo tanto como de cabeça. Mas, para pessoas honradas, não é imaginável que as coisas continuem assim, pois o alto nível de nossa civilização não permite poliandria ou promiscuidade. Isso vale certamente para ela e para ti também, embora tenhas meu corpo. Mas, para mim, seria igualmente ilícito, sobretudo com teu corpo. Por isso, concordo contigo sem nenhuma restrição, no que se refere àquilo que disseste sobre a fusão na chama da vida. Prontifico-me a preparar para nós a cabana de lenha com estes meus braços fortalecidos no ambiente do jângal. Bem sabes que já me ofereci em outra ocasião. E não ignoras que sempre estive decidido a não sobreviver a ti. Sem nenhum momento de hesitação, segui-te à morte, quando te imolaste à Deusa. Somente te traí quando meu corpo de esposo me autorizava em certo sentido a fazê-lo e Sita me trazia o pequeno Samadhi, cujo pai, quanto ao corpo, posso considerar-me, posto que de bom grado e respeitosamente te ceda a paternidade com relação à cabeça.

— Onde está Andhaka? — perguntou Shridaman.

— Está deitado na cabana — respondeu Sita — colhendo no sono força e beleza para sua vida. Já não é sem tempo falarmos sobre ele, pois seu futuro deve ser para nós mais importante do que o problema de como resolvermos com dignidade toda essa confusão. Mas seu destino e os nossos estão intimamente ligados. Cuidaremos da honra dele, cuidando da nossa. Se eu permanecesse ao lado dele, como gostaria de fazer, enquanto vós voltaríeis ao Todo Universal, erraria ele pelo mundo como miserável filho de uma viúva, desprovido de honra e alegria. Somente se eu imitar o exemplo das nobres *satis* que se uniram aos corpos dos falecidos esposos e em sua companhia entraram na fogueira, de modo que em sua memória, no lugar do holocausto, erguem-se obeliscos e lousas de pedra — somente se eu o abandonar junto convosco, será honrosa a sua existência e se lhe concederá o favor dos homens. Por isso, exijo eu, filha de Sumantra, que Nanda prepare a cabana da fogueira para três. Assim como partilhei com ambos o leito da vida, assim o leito ardente da morte deverá unir-nos. Pois, no fundo, já éramos sempre três naquele também.

— Nunca esperei outra coisa de ti — replicou Shridaman. — De antemão incluí em minhas previsões o orgulho e a magnanimidade que em ti coabitam com a fraqueza da carne. Em nome de nosso filho, agradeço-te o teu propósito. Porém, para restaurarmos verdadeiramente a nossa honra e a nossa dignidade humana, prejudicadas pelas complicações provocadas pela carne, devemos ponderar maduramente como recuperá-las, e neste ponto minha opinião e os planos que esbocei durante a viagem divergem dos vossos. A heroica viúva incinera-se juntamente com o marido defunto. Mas tu não és viúva, enquanto viver um de nós dois. É até duvidoso se chegarias a ser viúva por entrares conosco na fogueira e morreres ao mesmo tempo que nós. Por isso, é necessário que Nanda e eu nos matemos, para fazer-te viúva. Quero dizer, devemos matar um ao outro. Em nosso caso, pensando bem "um" e "outro" são uma e a mesma coisa. Cumpre-nos lutar como cervos pela posse da corça; lutar com duas espadas que providenciei. Estão penduradas na cilha de meu iaque. Mas o desígnio não é que um sobreviva e obtenha a formosamente cadeiruda Sita. Isso não nos serviria, pois para sempre o falecido continuaria sendo o amigo pelo qual ela se consumiria de saudade, a ponto de empalidecer nos braços do esposo. Não, ambos devemos morrer, cada qual com o coração trespassado pela espada do outro. Pois somente a espada é do outro, mas não o coração. Pior seria se cada um dirigisse a arma contra a sua própria individualidade atual, já que me parece que nossas cabeças não têm o direito de decretar a morte dos corpos fundidos com cada uma delas, assim como, provavelmente, a nossos corpos não cabia gozarem e saborearem os prazeres conjugais sob cabeças que não lhes pertenciam. Será, sem dúvida, uma luta árdua, porquanto a cabeça e o corpo dos dois digladiantes deverão cuidar de não pelear por si mesmos e pela posse de Sita. Terão de lembrar-se da dupla tarefa de desferirem e de receberem o golpe mortal. Porém, esse mútuo suicídio certamente não será mais difícil do que a façanha de decepar a própria cabeça, o que nós dois, afinal de contas, conseguimos empreender e realizar.

— Traze as espadas! — gritou Nanda. — Estou disposto a começar essa luta. Para a nossa rivalidade, será ela a maneira mais adequada de resolver o problema. Justo será, porque, durante a adaptação de nossos corpos às cabeças, nossos braços adquiriram, pouco mais ou menos, igual vigor: os meus ficaram mais fracos no teu corpo, e os teus mais fortes no meu. Com muito gosto hei de oferecer-te meu coração, uma vez que te enganei com Sita. Mas trespassarei o teu, para que ela, em vez de empalidecer em teus braços por amor a mim, una-se a nós, duplamente viúva, na fogueira.

Sita também se declarou de acordo com esse arranjo, que, segundo dizia, agradava a seu sangue guerreiro. Por isso, não se manteria distante da peleja, senão assistiria a ela sem pestanejar.

E sem demora teve lugar o combate mortal, à frente da cabana onde dormia Andhaka, no florido campo entre o rio das Vacas e o flamejante capão. Ambos os moços caíram sobre as flores, cada qual atingido no coração do outro. Mas seus funerais, devido ao sagrado acontecimento da autoimolação da viúva, converteram-se numa grande festa. Milhares de pessoas afluíram ao lugar da incineração, para observar como o pequeno Samadhi, apelidado de Andhaka, como o mais próximo parente varão, achegando o rosto bem perto, por causa da vista curta, colocava a tocha acesa sobre a cabana construída de blocos de lenha de mangueira e de cheirosos toros de sândalo, cujas ranhuras haviam sido forradas de palha seca e untadas de boa quantidade de manteiga derretida, para que com toda a facilidade a pira pegasse fogo. Nela se instalara Sita da aldeia Sede dos Touros Gibosos, no lugar entre o esposo e o amigo. As labaredas da pira funerária levantaram-se até o céu, a alturas raras vezes vistas, e mesmo que a bela Sita talvez tenha gritado por algum tempo — pois o fogo dói terrivelmente a quem não esteja morto —, sua voz foi abafada pelo estridor dos cornes e o atroador rufar dos tambores, de modo que era como se não houvesse lançado gritos. Mas os narradores da história asseguram, e queremos dar-lhes crédito, que o calor das chamas se lhe afigurou brando em face da alegria de estar unida aos homens amados.

Em sua memória, ergueram um obelisco no próprio sítio, para recordarem seu sacrifício. Os ossos dos três, que não ficaram totalmente consumidos, foram recolhidos, regados de leite e mel e depositados numa urna de barro, que se lançou ao santo Ganges.

Mas o pequeno fruto do ventre de Sita, Samadhi, que em breve só seria chamado de Andhaka, teve neste mundo uma vida bem-sucedida. Famoso, graças à festa do holocausto, filho de uma viúva contemplada com um monumento, gozou da benevolência de todo o povo, e esta se intensificou, a ponto de converter-se em ternura, devido à beleza cada vez maior do jovem. Já aos doze anos parecia a encarnação de um gandharva pela graça tanto como pelo vigor impressionante. Em seu peito começava a despontar a mecha do "Bezerro da boa sorte". Sua vista curta, porém, absolutamente não se constituiu em desvantagem. Pelo contrário, impediu-o de preocupar-se em demasia com o corpo e dirigiu sua cabeça para as coisas do espírito. Um brâmane erudito em matéria dos Vedas encarregou-se da educação do menino, a partir dos sete anos. Com ele estudou Andhaka a linguagem culta, bem como a gramática, a astronomia e a arte de pensar corretamente. Aos vinte anos, já era preletor do rei de Benares. Sentado num terraço maravilhoso, sob um para-sol de seda branca, trajando roupas elegantes, lia para o potentado em voz agradável escritos sagrados ou profanos, mantendo o livro bem perto dos olhos brilhantes.

POSFÁCIO
Cabeças trocadas, mas sempre as mesmas

Claudia Dornbusch*

Esta pequena obra de 1940 levou cerca de sete meses para ser escrita, tendo sido publicada enquanto Thomas Mann se encontrava nos Estados Unidos, inicialmente em Princeton, depois em Pacific Palisades, na Califórnia, já vivendo como exilado. A primeira edição veio a público em Estocolmo, Suécia. Estamos em plena Segunda Guerra Mundial e os eventos políticos não ficaram de fora das preocupações de todos, inclusive do romancista alemão. Suas entradas no diário são testemunho do andamento da escritura do opúsculo e das dificuldades encontradas em determinados trechos, entremeadas de preocupações com notícias de familiares na Europa e do andamento dos acontecimentos de guerra.**

GÊNESE DA OBRA E INSPIRAÇÕES

No primeiro dia do ano de 1940, lemos: *"Princeton, segunda-feira, 1.I.40 / Como de costume, levantei entre 8 e 9 ½. Frio intenso. Com o poodle na aleia. Café da manhã com K[atia]. Depois disso, escrevi as primeiras linhas*

---

* Claudia Dornbusch é livre-docente em literatura alemã pela Universidade de São Paulo (USP), docente aposentada da área de língua e literatura alemã e orientadora do programa de pós-graduação em estudos da tradução da USP. Atua também como tradutora e intérprete de conferências.

** Cf. Peter de Mendelssohn (org.), *Thomas Mann — Tagebücher 1940-1943*. Frankfurt: Fischer, 1982, pp. 3-5 [tradução minha]. O editor destaca que este volume dos diários de Mann se diferencia dos escritos antes do exílio por uma circunstância aparentemente superficial: antes, a vida e a obra de Mann eram determinadas em grande parte pelas relações entre Europa e América, os locais mudavam constantemente, havia anotações em várias áreas do saber (literatura, arte, política, cotidiano); agora tudo está circunscrito a uma unidade de espaço, tempo e ação: os Estados Unidos, do primeiro ao último dia das anotações. A guerra domina esses escritos.

do Kuriosum *indiano* [...]" [Grifo nosso]. Nota-se a junção de banalidades do cotidiano com um breve comentário sobre a obra. Daí em diante, os comentários geralmente se referem a questões que evolvem a guerra em andamento. No dia seguinte, 2 de janeiro: "[...] *Leituras indianas.* [...]". No dia 3, *"No caminho, li em Oldenberg* Literatura da Índia antiga". No dia 5: "[...] *Experimentos com o início do* Kuriosum [grifo nosso]". Dia 7: "[...] *Tomei café e escrevi devagar a novela (os corpos e as cabeças)".*

Reiteradas vezes, o autor chama a sua obra incipiente de *Kuriosum*, algo como *curiosidade*, um termo que em alemão muitas vezes também é associado a corpos de humanos ou animais com alguma deformação, espécie de gabinete dos horrores, além de significar igualmente um relato sensacionalista na mídia impressa.

Por vezes o texto, como diz o próprio autor, levava parentes e amigos a risadas intensas, como relatou em carta a Agnes Meyer, amiga e espécie de mecenas de Mann:

> [...] posso lhe contar que anteontem li um novo capítulo d'*As cabeças trocadas* para os familiares e alguns amigos [...], o capítulo que se passa diante de um asceta na floresta indiana; fomos às lágrimas de tanto rir — não excluído aí o expositor e autor. Infelizmente não posso lê-lo para a senhora, para assim comprovar a minha audácia. Em parte, é indecoroso demais, por culpa do sagrado.*

Esta passagem nos dá indícios, portanto, da chave de leitura para *As cabeças trocadas,* apesar de não ser esse o único norte para a leitura. Uma adaptação do mito, em tom irônico e desmistificante, certamente é o aspecto central desta divertida e elaborada criação de um dos grandes autores do século xx.

Mais conhecido por suas obras de maior vulto — *Os Buddenbrook* (1922), *A montanha mágica* (1924) e *Doutor Fausto* (1947) —, Mann anota em seu diário que alguns escritos figuram como uma espécie de "descanso" em meio às publicações monumentais. Assim, *O eleito* (1951) foi realizado depois da conclusão de *Doutor Fausto. Carlota em Weimar* (1939) deveria ter sido um respiro entre *José no Egito* (1936) e *José, o Provedor* (1943), mas *As cabeças trocadas* entra na sequência, já em 1940, portanto também situada entre o terceiro e o quarto volumes

---

* Peter de Mendelssohn, *Nachbemerkungen zu Thomas Mann 2 – Frühe Erzählungen, Späte Erzählungen, Leiden und Größe der Meister.* Frankfurt: Fischer, 1982, p. 98 [tradução minha].

da tetralogia de José, adiando mais uma vez a conclusão do projeto, que Mann inicia logo após o fechamento da narrativa indiana.

Diferentemente do que conhecemos do realismo de muitos de seus livros, em geral situados na Europa, na tetralogia de José vamos a terras e tempos distantes, ao Egito e à Palestina, e passamos a entrar em contato com o linguajar de tempos primordiais, que o autor absorveu no texto. A Índia e o Oriente também já eram conhecidos por Mann desde seu interesse pelos autores do Romantismo. Além disso, sua estreita amizade com Hermann Hesse, autor de *Sidarta* e de *O jogo das contas de vidro*, tornava esse universo hindu mais próximo do que se poderia esperar do romancista de Lübeck. Em algumas passagens da "lenda indiana" de Mann, lembramo-nos do *Sidarta* de Hesse. Como nos mostra Robert Faesi:

> Que a visão da criação de mil formas no templo de pedra, a da deusa-mãe Kâlî, corresponda à visão de Hesse do fluxo inesgotável da vida é mais do que coincidência. O enredamento doloroso em *Maya*,* o mundo obsessivo das aparências e a ansiedade de buscar o caminho de saída, voltar a encontrar o caminho para o só, para a pátria primordial de toda a existência, no sentido da expressão de Novalis: "Para onde vamos? Sempre para casa" — este é o sentimento básico comum dessa literatura europeia referente à Índia.**

Thomas Mann inicia esta obra após ter estudado textos sobre a Índia escritos por Heinrich Zimmer, um renomado indólogo alemão, professor na Universidade de Heidelberg até 1938 e genro de Hugo von Hofmannsthal. Foi na produção de Zimmer que o romancista se inspirou para tecer várias passagens desta narrativa tardia. Também leu e

---

* Muito recorrente na novela, o termo *Maya* vem do sânscrito e pode significar "ilusão", ou uma espécie de demônio que cria ilusão. Também sugere "dualismo", "divisão". Aparece frequentemente como deusa, muitas vezes identificada a Lakshmi ou a Durga. *Maya* pode cegar com as ilusões, mas também mostrar a verdade. Daí o nome que Mann dá ao filho de Sita: o "ceguinho", reportando-se, aqui, mais uma vez, às "trampolinadas de *Maya*". É como um véu que encobre nossa percepção das coisas, isto é, a ignorância; nos faz sucumbir diante do conhecimento. Para descrever *Maya*, Shankara, filósofo da Índia do século IX [Há controvérsias a esse respeito, cf. <https://pt.wikipedia.org/wiki/Shânkara>], usa a metáfora da corda e da cobra: numa rua escura, um homem vê uma cobra e se assusta. Quando olha mais de perto, vê que a cobra é uma corda. Portanto, quando sua ilusão desmorona: a cobra deixa de existir — *Maya* se desfaz. Mann também conheceu a figura de *Maya* a partir de *O mundo como vontade e representação*, de Schopenhauer, que fala, em sua teoria do conhecimento, do "véu dos sentidos e da imaginação".
** Robert Faesi. "Das Spiel von Leben und Geist: *Die vertauschten Köpfe*" ["O jogo entre vida e espírito: *As cabeças trocadas*"], in *Thomas Mann. Ein Meister der Erzählkunst*. Zurique: Atlantis, 1955, pp. 98-9 [tradução minha].

estudou a obra de Hermann Oldenburg, *Die Literatur des alten Indien* ["A literatura da Índia antiga"].

Mann cita nominalmente duas fontes de Zimmer nas quais bebeu para criar *As cabeças trocadas*: *Maya. Der indische Mythos* [*Maya*. O mito indiano], publicado em 1936 em Stuttgart, e *Die indische Weltmutter* [A mãe indiana do mundo], publicado no Anuário Eranos de 1938, em Zurique. Neste último, Mann marcou especialmente as páginas 177, 178 e 179, onde leu uma anedota que lhe forneceria material farto para sua novela. Vale a pena reproduzirmos aqui essa passagem, tal como nos é apresentada por De Mendelssohn, também editor dos diários de Mann, para que possamos estabelecer posteriormente algumas comparações com o texto do autor:

Dois amigos peregrinam a um lugar de banhos sagrado da deusa Kâlî e lá veem uma moça belíssima. Um deles adoece de amores por ela e acredita que irá morrer se não desposar a moça. O amigo fala com seu pai, que negocia com os pais da moça e faz com que o casamento aconteça. Logo após o casamento, o jovem casal viaja com o amigo para a casa dos pais da jovem mulher. No caminho, passam por um templo de Kâlî. O jovem marido pede que a esposa e o amigo esperem do lado de fora, enquanto ele manifesta sua devoção à deusa.

Quando, lá dentro, ele avista a imagem sedenta de sangue e triunfante, esmagando demônios ensandecidos com seus poderosos dezoito braços, prendendo com seu pé de lótus o demônio do touro derrotado, ele é acometido — como quer o destino divino — pela iluminação: "Com a imolação de muitos seres vivos, o povo te honra, pois a ti cabem o sangue e a vida de todos. Certamente obterei eu tua misericórdia para minha salvação, se me imolar a mim mesmo diante de ti!". Na cela interior silenciosa, ele encontra uma espada e corta a própria cabeça.

Seu amigo esperava lá fora até que ele voltasse e, por fim, foi ele mesmo até o santuário para buscá-lo. Quando o encontrou com a cabeça decepada em meio ao próprio sangue, desesperou-se e também cortou a própria cabeça. Por fim, a jovem mulher também foi ao templo, para ver o que acontecera com os dois e, quando viu os dois corpos sem cabeça nadando em um mar de sangue, quis enforcar-se com um cipó na árvore mais próxima, de tanto desgosto, mas a voz da deusa ordenou que parasse e devolvesse a vida aos dois, colocando as cabeças de volta no corpo.

Apressou-se em fazer como lhe fora ordenado, mas na pressa enganou-se e trocou as cabeças: colocou a cabeça do esposo no corpo do amigo. Mas a quem ela pertencia agora? O rei sábio, a quem o demônio dos cadáveres apresenta a questão, decide: quem carrega a cabeça do esposo é seu marido, pois assim como a mulher é o maior dos prazeres, a cabeça é o maior dos membros.

Assim, ela, como esposa, possuía o corpo do amigo sob o signo visível do esposo — será que um desejo secreto conduzira a mulher a trocar as cabeças? Será que o casamento recente não era feliz e, por isso, o esposo estivera tão disposto a morrer e tão desejoso de salvação? A história nada indica nesse sentido, ela conta apenas o que aconteceu e o curioso ato falho ficará como está, com seus motivos em aberto; os vapores sanguinolentos do sacrifício, a assustadora disposição para morrer ao avistar a deusa são o que há de excitante e de estranho para a audiência ocidental dessas histórias populares da Índia.*

Portanto, a narrativa em que Mann se inspira é relativamente breve. Ele expande para seus propósitos essa *Legende* muito centrada nos costumes e crenças indianos. O fiapo de narrativa termina com a decisão do rei sábio. Na pena de Mann, o rei sábio transforma-se em um eremita que vive no meio da floresta — um capítulo que foi de difícil execução, conforme lemos nos diários de Mann. A descrição da vida do eremita em muito pode ter inspirado uma cena da obra *O eleito*, em que ficamos sabendo do homem que ficou preso a uma pedra no meio de um lago por dezessete anos, alimentado apenas pelo leite da mãe-terra, e que depois irá se tornar o papa Gregório. No momento em que o vemos, ainda é um misto de vegetal musgoso e ser humano, identificado apenas pelos olhos.

O inusitado existe também na narrativa do mito, com a descrição da troca de cabeças. O autor alemão amplia as reviravoltas, reforçando a ideia da força de *Maya*, culminando, por fim, na sobrevivência da dualidade: o filho a um só tempo belo e quase cego: eis a personificação da dualidade de *Maya*.

O novelista esmera-se em rechear a narrativa de detalhes tragicômicos, quando, por exemplo, faz Shiva (a deusa implacável, no relato-base chamada de Kâlî) instruir Sita — "a das belas cadeiras", na tradução de Caro — a não colocar as cabeças no tronco com o nariz voltado para trás. E ela se preocupa em não errar, mas faz pior: troca — inconscientemente? — as cabeças de tronco. Desesperada, sai do templo e pretende se enforcar. Então, ouve a deusa lhe dizer: "Já estou mesmo farta do palavrório de certos filósofos que qualificam de doença a existência humana e afirmam que tal moléstia é transmitida de geração em geração através da consumação do amor, e tu, imbecil, ainda tencionas pregar-me uma peça dessas! Tira a cabeça do laço, e já! Ou te dou uma bofetada!".

---

* Estas informações, assim como o texto aqui reproduzido sobre o mito, foram colhidas da obra de Peter de Mendelssohn, *op. cit.*, pp. 94-6 [tradução minha].

Essa passagem, extensa e divertida (capítulo 8), evidencia a humanização da antes tão violenta deusa, ávida por sacrifícios de sangue. Ela, nesse momento, se mostra bastante sensata e conquista a confiança do leitor, pois foi humanizada. Aqui se observa que a

> autoflagelação como bilhete de ingresso na bem-aventurança revela-se, no decorrer do conto, uma simples e tola invenção dos homens, não um mandamento da divindade. Os orientalistas ortodoxos não devem ter gostado. Hermann Hesse, que acolhia com entusiasmo cada novo livro do amigo, silenciou diante dessa novela, embora o autor a apresentasse como uma simples "brincadeira".*

Parece que ao se acercar do fim da vida, Mann experimentou diversos formatos que a princípio lhe eram distantes e pareceu se divertir com eles: *Confissões do impostor Felix Krull* se aproxima do picaresco; a novela indiana também. Certas passagens de *O eleito* lembram farsas grotescas. Grotesco é, aliás, um termo usado por Mann para se referir à sua recriação da lenda hindu.

> Estou elaborando algo hindu, um relato grotesco maia, pertencente à esfera do culto em torno da Grande Mãe, em cuja honra pessoas decepam a própria cabeça [...]. Trata-se de um jogo de desavenças e identidades, não muito sério porém, com tendências a assumir feições de curiosidade. Nem sei se conseguirei chegar a concluí-lo.**

Como nos mostra Robert Faesi, Mann, porém, nunca se aventurou na seara da *Legende*, sendo em *As cabeças trocadas* a sua estreia nesse formato, no qual reina "a liberdade artística e espiritual total".***

A certa altura, no entanto, Mann parece ter se cansado da matéria indiana, o que fez com que a produção da obra se arrastasse em demasia. Além disso, precisava escrever o quarto volume de José. No entanto, afirmando não estar entusiasmado com o final da narrativa, Mann diz que a pequena obra acabou ganhando vulto pouco a pouco e que arriscaria dizer que a considerava uma obra-prima.

---

* Mario Pontes, "Recados certeiros", suplemento "Ideias" do *Jornal do Brasil*, 14 mar. 1987, p. 4.
** Erwin Theodor Rosenthal, "As cabeças trocadas", em *O Estado de S. Paulo*, 26 set. 1987.
*** Cf. Robert Faesi, *op. cit.*, pp. 99-100.

QUESTÕES DE GÊNERO

Em suas anotações do diário, Thomas Mann chama sua obra de *Novelle*, termo alemão que se aproxima de *novela*, mas que possui algumas peculiaridades da literatura alemã, razão pela qual manteremos o termo nesse idioma. Vejamos, então, brevemente quais as características fundamentais da *Novelle*.

Goethe mencionava a *sich ereignete unerhörte Begebenheit*, um "fato inaudito que realmente aconteceu", como uma das marcas de abertura da *Novelle*. Cabe lembrar que essa é uma das características das obras de Heinrich von Kleist (1777-1811),* bastante estudadas por Mann. Qual seria o fato inaudito do início de *As cabeças trocadas*? Ter Sita dois maridos? Não seria necessariamente algo novo, nem tão inusitado assim, por mais incomum que possa parecer.

O autor Theodor Storm chamava a *Novelle* de "irmã do drama", por causa de sua articulação, próxima a uma estrutura em atos, que sustenta as fases de um texto dramático: exposição, desenvolvimento, peripécia e desenlace.** Mann já experimentara essa forma em *Tonio Kröger* (1903) — que se estrutura, também, como uma sonata — e em *A morte em Veneza* (1912). A primeira subdivide-se em nove capítulos, iniciando-se com a descrição do personagem que já no nome traz a dualidade entre norte e sul, entre seu pendor artístico e a cinzenta vida burguesa, repleta de seres louros de olhos azuis. Por volta do meio da história, o protagonista decide viajar para o norte, o que é sintomático, pois aponta para o lado cerebral, racional, que permitirá a ele transformar em obra artística o que não pode nem consegue viver na vida real. Eis a peripécia, a reviravolta. O livro termina com Tonio reconhecendo-se, ao final, como o artista que ama as pessoas cheias de energia, os louros de olhos azuis, os "normais", porém com um toque de inveja, mas aos quais ele dará vida em suas obras.

A morte em Veneza (que ficou famosa pela adaptação cinematográfica de Luchino Visconti, em 1971, com trilha de Gustav Mahler) apresenta

---

* Cf., por exemplo, as aberturas das seguintes obras de Kleist: *A marquesa de O*; *O terremoto no Chile*; *Santa Cecília ou o Poder da música*, entre outras.

** Cf. debates a respeito também em Paul Heyse (que se baseia em Boccaccio e sua *Falkentheorie* — teoria do falcão), em Gero von Wilpert, *Sachwörterbuch der Literatur* (5. ed. Stuttgart: Alfred Kröner, 1969); Benno von Wiese, *Deutschland erzählt* (23. ed. Frankfurt: Fischer Taschenbuch, 1978); Volker Meid, *Sachwörterbuch zur deutschen Literatur* (Stuttgart: Philipp Reclam jun. GmbH & Co., 1999); e Otto Best, *Handbuch literarischer Fachbegriffe, Definitionen und Beispiele* (5. ed. Frankfurt: Fischer Taschenbuch, 2000).

cinco capítulos — portanto uma divisão que se assemelha a atos de um texto dramático clássico, com três ou cinco atos —, com a exposição centrada no protagonista Aschenbach, que perambula por Munique e sente a necessidade de viajar. Acaba por se hospedar no Lido de Veneza, onde avista a personificação da beleza apolínea: Tadzio. A peripécia acontece após o conturbado e revelador sonho dionisíaco do protagonista, que então decide entregar-se à persecução da beleza absoluta, o que significará, também, sua morte física.

Diante disso, como entender a estruturação d'*As cabeças trocadas*? A obra possui doze capítulos, fugindo, portanto, de um drama clássico, ficando mais próximo, talvez, de um drama em episódios. No primeiro capítulo, acompanhamos a introdução pelo narrador da história terrível que nos aguarda, apresentando os dois protagonistas masculinos, Shridaman, de uma linhagem de brâmanes, e Nanda, pastor de gado, ambos grandes amigos e quase irmãos. É a exposição da história. No segundo capítulo, há o início do desenvolvimento com a conversa sobre a vida, o amor e assuntos variados, até culminar com o terceiro capítulo, em que avistam, às escondidas, Sita, a das belas cadeiras, se banhando. Shridaman fica impressionado com a moça, mas no quarto capítulo ambos vão tratar de negócios, até que Shridaman diz estar muito doente e Nanda descobre que ele está apaixonado, e não doente. No quinto capítulo, em uma condensação de tempo, ficamos sabendo do matrimônio de Sita e Shridaman, mas com a constante presença de Nanda. É neste capítulo também que Shridaman se autoimola no altar de Kâlî, por perceber que está no caminho entre Nanda — fisicamente mais atraente e voluptuoso — e Sita. Temos, portanto, a primeira reviravolta. No sexto capítulo, Nanda, dando por falta do amigo e encontrando-o sem cabeça, decide fazer o mesmo, representando uma segunda peripécia. Teríamos uma terceira virada caso Sita, vendo os dois mortos, também imolasse a si mesma, o que, de fato, decide fazer no sétimo capítulo, com um longo solilóquio. No entanto, nova reviravolta no oitavo capítulo: ouvimos a voz da deusa, ralhando com Sita. Temos aí um longo diálogo entre Sita e a deusa, com breves intervenções do narrador. A deusa não aceita os sacrifícios e ordena que Sita recoloque as cabeças em seus respectivos corpos. Eis que o nono capítulo começa com essa tentativa, e qual não é a surpresa!: Sita troca as cabeças. A partir de então, Shridaman e Nanda vivem também vidas trocadas, um com a cabeça do outro. Inicia-se, aí, a chegada do desenlace: como Sita não se decide com quem ficar, os três vão se aconselhar com um sábio eremita que vive na floresta (décimo capítulo). Eis que ele, em forma de versos, lhes dá a solução: quem tem a cabeça do esposo — ou seja, Shridaman — é que será o marido. Solução ideal para Sita, que terá o espírito sagaz unido ao corpo fogoso. No capítulo onze ficamos sabendo, então, que Sita e o esposo com cabeça de Shridaman e corpo de Nanda viveram muitas semanas no vilarejo "Bem-Estar das Vacas" como amantes felizes. No entanto, com o tempo, cada corpo lentamente acaba se adaptando à cabeça que carrega, propiciando uma volta à situação inicial. Agora, Sita deseja ter o antigo companheiro de volta. Chegamos, então, ao último capítulo, o do desenlace, em que os amigos se matam um ao outro e a esposa pede para ser queimada como viúva, seguindo a tradição. O filho remanescente chama-se — eis aqui novamente o dedo irônico de Mann — Samadhi, que significa "coletânea", mas que, por causa da vista curta do menino, passou a ser chamado de Andhaka, o "ceguinho".

Vimos, portanto, que há praticamente três peripécias no meio da narrativa e um desenlace trágico, revestido de traços cômicos. Os doze capítulos fazem lembrar uma peça de *boulevard*, com suas várias complicações, triângulos amorosos e "trampolinadas", termo recorrente em Mann, especificamente "as trampolinadas de *Maya*". Sendo assim, se compararmos a estrutura de *Novelle* desta obra à d'*A morte em Veneza*, por exemplo, verificamos que a desta última é bastante mais rígida que a da narrativa indiana, na qual o autor se aproxima mais de uma composição próxima à da *lenda*.

Como vimos anteriormente, o autor chama sua obra, de forma reiterada, de *Novelle*. No entanto, o subtítulo de *As cabeças trocadas* traz o termo *Legende*, o que equivaleria a uma hagiografia. Temos aí também uma questão de denominação da forma do texto. O que seria *Legende* em português? Seria *lenda*, que mais se aproximaria de *Sage* no alemão? Um dos elementos básicos da *Legende*, entendida como uma forma breve,* é seu traço de oralidade. Na edição brasileira de *Formas simples*, de André Jolles, o tradutor Álvaro Cabral usou *legenda*, o que evita a confusão com *lenda*. Pela definição do corriqueiro dicionário *Duden*, *Legende* significa uma "narrativa religiosa breve e edificante sobre a vida e a morte ou ainda sobre o martírio de santos". De acordo com o *Metzler Literaturlexikon*, origina-se do latim *legenda*, *Pl. legendum*:

---

* Cf. André Jolles, *Formas simples*. Trad. Álvaro Cabral. São Paulo: Cultrix, 1976.

aquilo a ser lido; posteriormente também usado como lenda [*Sage*], apresentação de uma história de vida exemplar, com caráter sagrado, ou passagens dessa vida [...]. Formas de apresentação da *Legende* são: 1. a narrativa popular, que do ponto de vista literário pertence às formas breves, 2. a configuração poética. [...] Com o ciclo de *Legenden* de G. Keller [...] começa a fase da literarização das *Legenden*, quando no lugar da fé inocente ou do fascínio estético entram cada vez mais a fundamentação psicológica ou o distanciamento irônico.*

De fato, o distanciamento irônico aplica-se ao texto de Mann, uma vez que desconstrói o mito da deusa destruidora e ávida por sangue, desfazendo o caráter edificante que a narrativa poderia ter em sua origem. A própria deusa tem voz e acha absurdo — como vimos anteriormente na citação — que os homens considerem a vida uma doença, sacrificando-se em nome de uma deidade. Coaduna-se a definição da *Legende* também com a forma original da narrativa em que Mann se baseou. A *Novelle* é uma forma literária altamente complexa e estruturada, que requer do autor certo grau de organização. Apesar de ser mais reduzida em tamanho que um romance, não pode ser considerada uma forma simples, sendo um misto de narrativa em prosa e texto dramático. A questão do leitmotiv em seu viés simbólico é importante para uma novela, bem como o seu caráter simbólico, que transcende a obra. Em *A morte em Veneza*, temos os mensageiros da morte recorrentes; na narrativa indiana, o leitmotiv que se nos apresenta é a constante citação de *Maya* e suas "trampolinadas", essa instância ilusória de duas faces. Na verdade, é em torno dessa instância que se constrói o complexo narrativo de imolações, vida em isolamento, tentativa de reversão de acontecimentos, oráculos aparentemente definitivos que são, ao final das contas, apenas ilusão, sendo o homem responsável por seus atos.

O caráter exemplar da vida de santos como base da *legenda* (que também pode ser associada ao *mito*, posteriormente popularizado), mas que com o passar do tempo foi adquirindo traços mais humanizados e populares, preservando o elo com fatos da vida real, definitivamente aproxima *As cabeças trocadas* da *Novelle*. Poderíamos dizer, portanto, que Mann uniu as duas formas, inspirando-se na lenda hindu.

Aqui certamente temos um desfecho trágico, mas este vem acompanhado de uma chave alternativa: a autoimolação de Shridaman e

---

* Cf. Schweikle, Günther e Irmgard (orgs.). *Meyers Literaturlexikon*, verbete *Legende*, Stuttgart, 1984, p. 248 [tradução minha].

Nanda diante da sanguinolenta deusa Kâlî e a recolocação das cabeças, agora em troncos trocados, faz com que a narrativa oscile entre o trágico e o cômico.

NARRADORES E NOMES

Observamos que a narrativa que serviu de base para a recriação de Mann não cita os nomes dos personagens, referindo-se a eles apenas como "dois amigos" e "uma moça belíssima", o que revela seu caráter de exemplaridade, já que poderiam ser quaisquer pessoas ou nomes. A única nomeação direta é a de Kâlî, a deusa-mãe. Os personagens Shridaman, Sita e Nanda compõem a trindade intercambiável, e os nomes indicam sua linhagem, os ofícios que exercem e a posição social de cada um. Os nomes de vilarejos são colocados entre aspas, posto que são extremamente expressivos e, no contexto de Mann, adquirem tom jocoso, a exemplo da cidade de Sita, "Bem-Estar das Vacas"; o rio em que os amigos se banham se chama "Mosca Dourada", e assim por diante.

Outro detalhe que merece atenção é a construção narrativa da obra, baseada em um narrador onisciente, que nos prepara para os terríveis episódios que estão por vir, aumentando o suspense. Esse narrador por vezes dá voz aos personagens, acrescentando comentários às suas ações. Praticamente um capítulo inteiro é dedicado a um diálogo entre Sita e a deusa-mãe, que repreende a filha, chamando-a de estúpida. Curiosa também é a breve intervenção do narrador ao avisar que a mãe de Shridaman aparece, sim, mas não tem nome, pois é personagem secundária — estamos diante de mais um jogo metadiscursivo de Mann.

Eis como se inicia a história, na tradução de Herbert Caro, publicada originalmente em 1987 no Brasil:

A história de Sita, a das belas cadeiras, filha do criador de gado Sumantra da casta dos guerreiros, e de seus dois maridos — se assim podemos qualificá-los — exige, por sua natureza sangrenta e perturbadora, muito da força espiritual do auditório e de sua capacidade de enfrentar as assustadoras trampolinadas de *Maya*. Desejável seria que todos os que a escutassem tomassem por exemplo a firmeza do narrador, pois quase que se requer maior coragem para relatar tal história do que para ouvi-la. Porém, do princípio ao fim, eis o que ocorreu [...].

A divertida abertura indica o tom que será usado ao longo desta espécie de tragicomédia. A encenada reticência em iniciar o relato, pelo que tem de terrível, em vez de afastar o leitor, tenta-o a saber o que se passou. É também a marca da tão aclamada ironia do autor, que nos remete a um estilo muito peculiar, encontrado em outros inícios de narrativas de Mann. Vejamos:

Mager, o camareiro da Hospedaria O Elefante, em Weimar, homem instruído, viveu um episódio agitado e alegremente confuso em um dia ainda quase estival, em meados de setembro do ano de 1816. Não que houvesse alguma coisa excepcional no acontecimento; entretanto, pode-se dizer que, por um momento, Mager pensou estar sonhando.*

[...] o relato da vida do finado Adrian Leverkühn, a primeira e certamente muito provisória biografia do saudoso homem e genial músico, que o destino tão terrivelmente assolou, engrandecendo-o e derribando-o.**

Quem toca os sinos?
Repique de sinos, torrente de sinos supra urbem, por toda a cidade, os ares transbordam de sons! Sinos, sinos, balançam, dançam, ecoam e embalam, desentranhando das vigas e das armações centenas de vozes numa confusão babilônica. [...] Quem toca os sinos? Não os sineiros. Estes correram para as ruas. [...] Dirão que ninguém os toca? — Não. Só uma cabeça que não conhece gramática, sem lógica, seria capaz de uma declaração dessas. "Os sinos tocam" significa que são tocados, por mais que os lugares dos sineiros estejam vazios. — Mas quem, então, toca os sinos de Roma? — O espírito da narrativa. — Mas será que este pode estar por toda parte [...]? Mas, para que a segunda pessoa gramatical também tenha seus direitos, a pergunta é: Quem és tu que, dizendo "eu", estás sentado à escrivaninha de Notker e incorporas o espírito da narrativa?***

Pegando da pena para, em completo ócio e isolamento — com boa saúde, aliás, embora cansado, muito cansado (de modo que só poderei avançar por etapas, com frequentes intervalos de repouso) —, para começar, pois, a confiar a este paciente papel as minhas confissões, na caligrafia limpa e agradável que me é

---

* *Carlota em Weimar*, trad. Vera Mourão. Rio de Janeiro: Nova Fronteira, 2000.
** *Doutor Fausto*, trad. Herbert Caro. São Paulo: Companhia das Letras, 2015.
*** *O eleito*, trad. Lya Luft. São Paulo: Mandarim, 2000.

peculiar, assalta-me o receio de talvez não estar à altura deste empreendimento intelectual, por causa de minha formação e instrução.*

Temos aqui a abertura de obras da fase madura de Thomas Mann, já nos anos 1940. É nesse período que ele chega ao aperfeiçoamento de sua arte, congregando todos os experimentos dos livros anteriores. Se observarmos as aberturas das duas novelas desse período, *Carlota em Weimar* e *As cabeças trocadas*, verificaremos que o "fato inaudito" está presente em ambas: na primeira, um "episódio agitado e alegremente confuso", que parece um sonho; na segunda, "a história de Sita", que promete ser assustadora, sendo mesmo difícil para o narrador contá-la — o que dizer, então, da plateia que irá ouvi-la! Pensou Mann aqui na oralidade, posto que pressupõe uma plateia de ouvintes, como na *Legende*? De todo modo, trata-se de uma oralidade aparente, uma vez que o metadiscurso narrativo encontra-se registrado em livro, para deleite dos leitores.

Na abertura do *Doutor Fausto*, temos a indicação da "certamente muito provisória biografia" do "finado Adrian Leverkühn", ou seja, um *work in progress*, sem ser conclusivo, a não ser sob a pena do escritor. Portanto, o metadiscurso faz-se presente, assim como no início d'*O eleito*, em que o centro das atenções é o narrador, já que se discute quem toca os sinos de Roma. Se não há sineiros, quem faz tocar os sinos é o "espírito da narrativa". E ainda pergunta: "Quem és tu que, dizendo 'eu' [...] incorporas o espírito da narrativa?". O narrador, nota-se, é crucial aqui.

O mesmo ocorre com o início d'*As confissões do impostor Felix Krull*, no melhor estilo dos romances picarescos, que Mann bem conhece: ao escrever "assalta-me o receio de talvez não estar à altura deste empreendimento intelectual", o narrador em primeira pessoa utiliza-se da falsa modéstia para ganhar o leitor. O mesmo é encontrado na abertura d'*As cabeças trocadas*, em que o narrador fala das dificuldades de narrar algo tão terrível, almejando coragem para fazê-lo.

A mescla dos discursos, adaptados ao registro de linguagem de cada um dos personagens, é outro elemento milimetricamente construído por Mann. O personagem de uma casta nobre, Shridaman, próximo dos brâmanes, é hábil em construir figuras de pensamento complexas, ao contrário de Nanda, que tem belas feições e não é tão habilidoso com as palavras elaboradas. No entanto, é dotado de beleza e de instintos e paixões naturais. O excerto em que Shridaman corrige Nanda, no

---

* *Confissões do impostor Felix Krull*, trad. Lya Luft. Rio de Janeiro: Nova Fronteira, 2000.

segundo capítulo, é um belo exemplo desse aspecto lúdico e linguístico do texto de Mann:

— *Siyâ*, assim seja! — concordou Nanda.

— *Siyât!* — corrigiu-o Shridaman na correta linguagem castiça, e Nanda riu--se dele e de si mesmo.

— *Siyât, siyât!* — repetiu. — Tu és um sutilizador! Deixa-me com meu linguajar! Quando falo sânscrito, tem-se a impressão de ouvir as fungadas de um bezerro ao qual passaram uma corda pelo focinho.

A deusa vingativa Shiva, por sua vez, ralha com seus "filhos", colocando-os em seu lugar. Em suas preleções, ela nada tem de nobre — se comparada a Shridaman —, pois xinga, esbraveja e ironiza. Por vezes, leva o leitor a dar boas risadas. É a desmistificação total da divindade.

RECEPÇÃO NO BRASIL

O fato de a mãe de Thomas Mann ser brasileira gerou curiosidade em alguns críticos do país, que buscavam avidamente por algum traço "exótico" nas obras tão cerebrais do escritor de Lübeck. Um dos mais conhecidos artigos a esse respeito é o de Anatol Rosenfeld, intitulado "Uma borboleta exótica", publicado em 6 de dezembro de 1958 no jornal *O Estado de S. Paulo*.

Para a disseminação de Mann no Brasil, as críticas, comentários e apresentações em jornais certamente foram a forma que mais conseguiu atingir um público amplo, diferentemente dos textos acadêmicos. É possível que o primeiro artigo publicado sobre o escritor em jornais de grande circulação date de 11 de março de 1937, no *Correio Paulistano*, de autoria desconhecida, com o singelo título de "Thomas Mann".*

Quanto às traduções, as primeiras em território nacional surgem em 1934, especificamente de *A morte em Veneza* (ed. Guanabara, tradução de Moysés Gykovate), *Tonio Kröger* (ed. Guanabara, tradução de

---

* Cf. a respeito da recepção de Mann em jornais brasileiros: Claudia Sibylle Dornbusch, *Aspectos interculturais da recepção de Thomas Mann no Brasil*. São Paulo, 1992, FFLCH-USP. Cf. também "Posfácio a várias mãos", de Paulo Soethe para a publicação d'*A montanha mágica* pela Companhia das Letras, 2016, texto no qual são elencadas obras que versam sobre a relação de Thomas Mann com o Brasil. Cf. também o filme / documentário sobre a mãe brasileira de Mann, dirigido por Marcos Strecker: *Julia Mann*. Grifa Filmes, 2003, HDV, 52 min.

Charlotte von Orloff) e *Mário e o mágico* (ed. Machado & Ninitch, tradução de Zoran Ninitch). Curiosamente, o *Doutor Fausto* foi publicado tardiamente, apenas em 1984. *As cabeças trocadas* tem edição brasileira em tradução de Liane de Oliveira e E. Carrera Guerra, em 1945, na coleção Tucano da Livraria Globo. Posteriormente, em 1987, o livro passa a ser publicado pela Nova Fronteira, então em tradução de Herbert Caro, que figura neste volume.*

Entre os anos de 1941 e 1990, houve 55 artigos publicados sobre obras diversas de Mann no Suplemento Literário d'*O Estado de S.Paulo*. Foram autores frequentes Roberto Schwarz, Gilles Lapouge, Erwin Theodor Rosenthal, Nilo Scalzo, Vamireh Chacon, Otto Maria Carpeaux e Anatol Rosenfeld. Dentre eles, apenas Erwin Theodor se dedicou a *As cabeças trocadas*,** em parte parafraseando Peter de Mendelssohn, editor dos diários de Mann e autor de um compêndio indispensável para os estudiosos do assunto.***

Destacamos também o artigo de Mario Pontes no *Jornal do Brasil*, por ocasião do lançamento da tradução de Herbert Caro pela editora Nova Fronteira.**** Buscando evidenciar a ironia do romancista, Pontes observa: "Como sempre, entretanto, Mann trata de seu assunto menos pela clave da tragédia e mais pela da ironia. Sob a veste de uma narrativa tradicional e mítica ele introduz elementos de moderna psicologia; e se vale das próprias incoerências do mito para contestar as suas interpretações corriqueiras". E no intuito de interpretar a obra, e inserindo-a em seu tempo, conclui:

> Com ela, Thomas Mann mandava alguns recados. Atacava a crença de que para corrigir as deficiências humanas basta trocar cabeças; trabalho perdido, pois elas acabam por amoldar os corpos aos seus desígnios. Tampouco, sugere Mann seguindo a mesma ordem de ideias, o remédio mais indicado para o mal-estar da civilização é a volta ao primitivo. Isso apenas muda momentaneamente a natureza das contradições, mas o resultado final será sempre a tragédia.

---

* Cf. o blog <http://naogostodeplagio.blogspot.com.br/2013/03/thomas-mann-no-brasil.html>, da historiadora e tradutora Denise Bottmann, em que ela faz um levantamento das diversas edições em língua portuguesa das obras de Thomas Mann, com a exibição de algumas capas das edições.

** Erwin Theodor Rosenthal, "As cabeças trocadas", *O Estado de S.Paulo*, 26 set. 1987, sem indicação de página.

*** Peter de Mendelssohn, *op. cit.*

**** Mario Pontes, "Recados certeiros", *Jornal do Brasil*, 14 mar. 1987, p. 4.

Pontes resume a *Novelle* de Mann em seus pontos-chave e a insere em um contexto mais amplo, associado ao momento histórico. Mostra, igualmente, a validade geral da obra diante do mal-estar da civilização. O leitor brasileiro tem, assim, uma perspectiva pormenorizada da narrativa indiana.

Outro artigo que merece destaque é o de Wilson Coutinho para a *Folha de S.Paulo*, no caderno "Ilustrada" de 4 de fevereiro de 1987. Coutinho pergunta: "Thomas Mann hindu?", verbalizando o estranhamento dos leitores diante de uma história passada no Oriente ser da lavra do mesmo autor d'*Os Buddenbrook* e d'*A montanha mágica*, romances que se debruçam sobre temas muito europeus. Explica que Mann já tinha situado os livros da tetralogia José em terras distantes. Menciona Nigel Hamilton, que considerava *As cabeças trocadas* uma das melhores obras curtas de Mann, o que Wilson Coutinho relativiza, explicitando uma comparação com *A morte em Veneza* e *Mário e o mágico*, novelas que considera, estas sim, obras-primas. Cita novamente Nigel Hamilton, que por sua vez relembra uma resenha bastante dura do *Times Literary Supplement*, dizendo que a narrativa indiana era muito complexa. Coutinho mostra que, por outro lado, um comentarista indiano achou que Mann tinha conseguido "penetrar na complexidade do mito e da lenda, embora reprovasse a 'Índia improvisada'".

Lemos ainda nesse mesmo artigo que, embora a narrativa se passe em terras distantes, Mann mantinha o engajamento político, prosseguindo com as transmissões radiofônicas nos Estados Unidos contra o regime nazista.* Coutinho cita ainda o próprio Mann, quando este responde à acusação de que suas obras tenham sido prejudicadas pela atividade política: "Tenho me comportado mal durante esses anos e permitido que o ódio me degradasse e me paralisasse? Escrevi *José no Egito*, *Carlota em Weimar* e *As cabeças trocadas*, obras libertas e alegres, e também, por que não dizer, de certa importância. Sinto-me orgulhoso de que tenha produzido isso tudo, em vez de aderir aos pelotões dos melancólicos, e [...] prossigo na luta como sinal de força, não de fraqueza e humilhação."

---

* Thomas Mann, *Ouvintes alemães! Discursos contra Hitler (1940-1945)*, trad. Antonio Carlos dos Santos e Renato Zwick. Rio de Janeiro: Zahar, 2009.

FIEL A SEUS TEMAS-CHAVE

Fato é que Mann acaba sendo muito fiel aos grandes temas de sua criação literária: a contraposição de espírito e corpo, arte e vida, apolíneo e dionisíaco. Temos, por exemplo, n'*Os Buddenbrook*, o pequeno Hanno, que herdara a veia artística da mãe e que morre de tifo, já que, como alma artística, dificilmente vingaria em um ambiente afeito apenas às coisas mundanas; em *Tonio Kröger* a duplicidade está já no título (o sobrenome é típico do norte da Alemanha, de uma família de burgueses comerciantes), sugerindo o artista deslocado na sociedade como protagonista, cujo melhor amigo, Hans Hansen, aprecia livros ilustrados sobre cavalos; em *A morte em Veneza*, Aschenbach sucumbe ao dionisíaco diante da visão da beleza perfeita, personificada em Tadzio; n'*A montanha mágica*, o ar rarefeito do sanatório em que o tempo parece suspenso apresenta um misto de morbidez e luxúria em um mundo prestes a entrar em guerra, moldando o embate entre Settembrini e Naphta, representantes de ideologias diferentes; em *Doutor Fausto*, o artista diabólico convive com a sífilis, que o levará à morte física. O lado cerebral parece capaz de coisas assustadoras e desconhecidas, refletindo simbolicamente o destino de toda uma nação.

N'*As cabeças trocadas*, todos esses temas estão presentes; há uma leveza e liberdade de criação e experimentação com novas fontes, sem que o autor abdique da tradição, que parece engrandecer a história. Nela, os regentes são literalmente a cabeça, o espírito, e não o corpo. A morte espontânea parece ser algo racional e lógico. Não há solução para a troca de cabeças. A cabeça é o agente transformador do corpo, e não o contrário.

A morte da viúva, queimada a pedido próprio, e a morte dupla dos amigos-maridos em um duelo parecem uma reencenação da dupla Eros-Thanatos em chave hinduísta, desconstruída, desmistificada. De fato, Mann tem razão quando julga ter apressado demais o final de seu opúsculo, que acaba sendo demasiado abrupto. No entanto, o fim repentino acaba por sublinhar o tom jocoso da obra, somado à descrição do filho "sobrevivente". O personagem parece surgir como fruto dos três corpos, como unificação de corpo e espírito, harmonização esta nunca atingida por Sita, a das belas cadeiras, nem por seus dois maridos. Espírito e corpo não podem ser desmembrados, são uma coisa só, sendo que o espírito, a mente, comanda o corpo. Qualquer tentativa de desunir essa ordem ou de interferir nos processos naturais poderá levar à derrocada, ao desenlace da tragédia.*

---

* Lembremos aqui de *O aprendiz de feiticeiro* de Goethe (1797) que, na ausência de seu mestre, tenta

Se pensarmos que esta pequena grande obra de Mann foi criada durante a Segunda Guerra, cujos acontecimentos afligiam o escritor alemão, então exilado nos Estados Unidos; autor que nunca abdicou de seus grandes temas, configurados através de dualidades por vezes inconciliáveis, teremos aqui também uma chave de leitura que permanece atual em um mundo em conflitos crescentes, frequentemente de fundo religioso. Neste século XXI, observamos o esfacelamento de ideologias, bem como a fé cega em outras, além de imolações e autoimolações em vários sentidos em nome de causas múltiplas, sem que, no entanto, possamos antever a auspiciosa queda do véu de *Maya*, que apontaria para um futuro de *assemblage* mais próximo ao que vemos representado no filho de Sita: a multiplicidade ao mesmo tempo bela e míope, mas que sobrevive. Nesse sentido, Mann é, também, profético, e *As cabeças trocadas* tem muito a nos dizer.

No início, o próprio autor não exaltou muito a qualidade de sua novela indiana, tida apenas como *divertissement*. Com o tempo, no entanto, Mann passa a exibir grande satisfação com o que criara: "[a novela] foi ficando cada vez melhor, desde que a terminei. Confesso que estou próximo de considerá-la uma obra-prima".*

---

reproduzir um feitiço através do qual a vassoura — que se multiplicará e se transformará em muitas vassouras — com os baldes de água fariam o serviço que seria atribuição do aprendiz. No entanto, algo não funciona e o resultado é uma gigantesca inundação. Trata-se aqui, também, de uma releitura feita por Goethe de um antigo texto escrito em grego por Luciano de Samósata (125 d.C.-180 d.C.), *Os amantes da mentira ou os incrédulos*, em que aparece a parábola do aprendiz de feiticeiro. Cf. também Carlos Orsi, *Vamos redescobrir Luciano!*, *Revista Amálgama*, maio 2012: <www.revistaamalgama.com.br/05/2012/a-historia-verdadeira-luciano-de-samosata>.

* *Apud* De Mendelssohn, *op. cit.*, pp. 100-1.

CRONOLOGIA

6 DE JUNHO DE 1875
Paul Thomas Mann, segundo filho
de Thomas Johann Heinrich Mann
e sua esposa, Julia, em solteira
Da Silva-Bruhns, nasce em Lübeck.
Os irmãos são: Luiz Heinrich (1871),
Julia (1877), Carla (1881), Viktor (1890)

1889
Entra no Gymnasium Katharineum

1893
Termina o ginásio e muda-se
para Munique
Coordena o jornal escolar
Der Frühlingssturm [A tempestade
primaveril]

1894
Estágio na instituição Süddeutsche
Feuerversicherungsbank
Decaída, a primeira novela

1894-5
Aluno ouvinte na Technische
Hochschule de Munique. Frequenta
aulas de história da arte, história
da literatura e economia nacional

1895-8
Temporadas na Itália, em Roma
e Palestrina, com Heinrich Mann

1897
Começa a escrever *Os Buddenbrook*

1898
Primeiro volume de novelas,
O pequeno sr. Friedmann

1898-9
Redator na revista satírica
Simplicissimus

1901
Publica *Os Buddenbrook: Decadência
de uma família* em dois volumes

1903
Tristão, segunda coletânea
de novelas, entre as quais
Tonio Kröger

3 DE OUTUBRO DE 1904
Noivado com Katia Pringsheim,
nascida em 24 de julho de 1883

11 DE FEVEREIRO DE 1905
Casamento em Munique

9 DE NOVEMBRO DE 1905
Nasce a filha Erika Julia Hedwig

1906
Fiorenza, peça em três atos
Bilse und ich [Bilse e eu]

18 DE NOVEMBRO DE 1906
Nasce o filho Klaus Heinrich
Thomas

1907
Versuch über das Theater [Ensaio
sobre o teatro]

1909
Sua alteza real

27 DE MARÇO DE 1909
Nasce o filho Angelus Gottfried
Thomas (Golo)

7 DE JUNHO DE 1910
Nasce a filha Monika

1912
A morte em Veneza. Começa a trabalhar
em *A montanha mágica*

JANEIRO DE 1914
Compra uma casa em Munique,
situada na Poschingerstrasse, 1

1915
Friedrich und die grosse Koalition
[Frederico e a grande coalizão]

1918
Betrachtungen eines Unpolitischen
[Considerações de um apolítico]

24 DE ABRIL DE 1918
Nasce a filha Elisabeth Veronika

1919
Um homem e seu cão

21 DE ABRIL DE 1919
Nasce o filho Michael Thomas

1922
Goethe e Tolstói e *Von deutscher
Republik* [Sobre a república alemã]

1924
A montanha mágica

1926
Unordnung und frühes Leid
[Desordem e primeiro sofrimento].
Início da redação da tetralogia
José e seus irmãos
Lübeck als geistige Lebensform [Lübeck
como modo de vida espiritual]

10 DE DEZEMBRO DE 1929
Recebe o prêmio Nobel de literatura

1930
Mário e o mágico
*Deutsche Ansprache: Ein Appell an die
Vernunft* [Elocução alemã: Um apelo
à razão]

1932
*Goethe como representante da
era burguesa*
Discursos no primeiro centenário
da morte de Goethe

1933
*Sofrimento e grandeza de Richard
Wagner*
José e seus irmãos: As histórias de Jacó

11 DE FEVEREIRO DE 1933
Parte para a Holanda. Início do exílio

OUTONO DE 1933
Estabelece-se em Küsnacht,
no cantão suíço de Zurique

1934
José e seus irmãos: O jovem José

MAIO-JUNHO DE 1934
Primeira viagem aos Estados
Unidos

1936
Perde a cidadania alemã e torna-se
cidadão da antiga Tchecoslováquia
José e seus irmãos: José no Egito

1938
Bruder Hitler [Irmão Hitler]

SETEMBRO DE 1938
Muda-se para os Estados Unidos.
Trabalha como professor de
humanidades na Universidade
de Princeton

1939
Carlota em Weimar

1940
As cabeças trocadas

ABRIL DE 1941
Passa a viver na Califórnia, em Pacific
Palisades

1942
*Deutsche Hörer! 25 Radiosendungen
nach Deutschland* [Ouvintes alemães!
25 transmissões radiofônicas para
a Alemanha]

1943
José e seus irmãos: José, o Provedor

23 DE JUNHO DE 1944
Torna-se cidadão americano

1945
Deutschland und die Deutschen
[Alemanha e os alemães]
*Deutsche Hörer! 55 Radiosendungen
nach Deutschland* [Ouvintes alemães!
55 transmissões radiofônicas para
a Alemanha]
Dostoiévski, com moderação

1947
Doutor Fausto

ABRIL-SETEMBRO DE 1947
Primeira viagem à Europa depois
da guerra

1949
A gênese do Doutor Fausto*: Romance
sobre um romance*

21 DE ABRIL DE 1949
Morte do irmão Viktor

MAIO-AGOSTO DE 1949
Segunda viagem à Europa e primeira
visita à Alemanha do pós-guerra.
Faz conferências em Frankfurt am
Main e em Weimar sobre os duzentos
anos do nascimento de Goethe

21 DE MAIO DE 1949
Suicídio do filho Klaus

1950
Meine Zeit [Meu tempo]

12 DE MARÇO DE 1950
Morte do irmão Heinrich

1951
O eleito

JUNHO DE 1952
Retorna à Europa

DEZEMBRO DE 1952
Muda-se definitivamente para a Suíça
e se instala em Erlenbach, próximo
a Zurique

1953
A enganada

1954
Confissões do impostor Felix Krull

ABRIL DE 1954
Passa a viver em Kilchberg, Suíça,
na Alte Landstrasse, 39

1955
Versuch über Schiller [Ensaio sobre
Schiller]

8 e 14 DE MAIO DE 1955
Palestras sobre Schiller em Stuttgart
e em Weimar

12 DE AGOSTO DE 1955
Thomas Mann falece

SUGESTÕES DE LEITURA

BARBOSA, João Alexandre. "Uma antologia de Thomas Mann". In: _____. *Entre livros*. Cotia: Ateliê Editorial, 1999.

BAUMGART, Reinhard. *Das Ironische und die Ironie in den Werken Thomas Manns* [O irônico e a ironia nas obras de Thomas Mann]. Munique: Hanser, 1964.

BORCHMEYER, Dieter. *Die vertauschten Köpfe. Eine indische Legende. Thomas Manns "metaphysical joke"* [As cabeças trocadas. Uma legenda indiana. O *"metaphysical joke"* de Thomas Mann]. In: *Jahrbuch der deutschen Schillergesellschaft*, n. 54, 2010, pp. 378-97.

BRADBURY, Malcolm. "Thomas Mann". In: _____. *O mundo moderno: Dez grandes escritores*. São Paulo: Companhia das Letras, 1989, pp. 97-117.

CARPEAUX, Otto Maria. "O admirável Thomas Mann". In: _____. *A cinza do purgatório*. Balneário Camboriú: Danúbio, 2015. Ensaios. (E-book)

CHACON, Vamireh. *Thomas Mann e o Brasil*. Rio de Janeiro: Tempo Brasileiro, 1975. (Temas de Todo Tempo, 18).

DORNBUSCH, Claudia Sibylle. *Aspectos interculturais da recepção de Thomas Mann no Brasil*. São Paulo: FFLCH-USP, 1992. Dissertação de mestrado.

FLEISCHER, Marion et al. *Textos e estudos de literatura alemã*. São Paulo: Edusp; Difusão Europeia do Livro, 1968.

GAY, Peter. *Represálias selvagens: Realidade e ficção na literatura de Charles Dickens, Gustave Flaubert e Thomas Mann*. São Paulo: Companhia das Letras, 2010.

HAMILTON, Nigel. *Os irmãos Mann: As vidas de Heinrich e Thomas Mann*. São Paulo: Paz e Terra, 1985. (Coleção Testemunhos)

HEISE, Eloá. "Thomas Mann: Um clássico da modernidade". *Revista de Letras*, Curitiba, UFPR, v. 39, pp. 239-46, 1990.

HOLANDA, Sérgio Buarque de. "Thomas Mann e o Brasil". In: _____. *O espírito e a letra: Estudos de crítica literária I e II*. Org., introd. e notas de Antônio Arnoni Prado. São Paulo: Companhia das Letras, 1996, pp. 251-6. v. 1.

KOOPMANN, Helmut. *Die vertauschten Köpfe. Verwandlungszauber und das erlöste Ich* [As cabeças trocadas. Encanto de metamorfose e o Eu redimido]. In: SPRECHER Thomas (org.). *Liebe und Tod — in Venedig und anderswo* [Amor e morte — em Veneza e alhures]. Frankfurt: Vittorio Klostermann, 2005, pp. 209-25.

KRÜGER-FÜRHOFF, Irmela Marei. *Verpflanzungsgebiete. Wissenskulturen und Poetik der Transplantation* [Terrenos da transplantação. Culturas cognitivas e poética da transplantação]. Munique: Wilhelm Fink, 2012.

KUSCHEL, Karl-Josef; MANN, Frido; SOETHE, Paulo Astor. *Terra mátria. A família de Thomas Mann e o Brasil*. Rio de Janeiro: Civilização Brasileira, 2013.

LEPENIES, Wolf. "Alemanha". In: _____. *As três culturas*. Trad. de Maria Clara Cescato. São Paulo: Edusp, 1996, pp. 199-343. (Ponta, 13).

MAHADEVAN, Anand. *Switching heads and cultures. Transformation of an Indian myth by Thomas Mann and Girish Karnad*. In: *Comparative Literature*, n. 54, 2002, pp. 23-41.

MIELIETINSKI, E. M. "A antítese: Joyce e Thomas Mann". In: _____. *A poética do mito*. Rio de Janeiro: Forense Universitária, 1987, pp. 354-404.

MORETTI, Franco. *O burguês: Entre história e literatura*. Trad. de A. Morales. São Paulo: Três Estrelas, 2014.

_____. *O universo fragmentário*. Trad. de Marion Fleischer. São Paulo: Companhia Editora Nacional; Edusp, 1975. (Letras e Linguística, 11).

_____. *Perfis e sombras: Estudos de literatura alemã*. São Paulo: EPU, 1990.

ORGANON. Revista do Instituto de Letras da Universidade Federal do Rio Grande do Sul. Porto Alegre, v. 6, n. 19 (O pacto fáustico e outros pactos), 1992.

PAULINO, Sibele; SOETHE, Paulo Astor. "Thomas Mann e a cena intelectual brasileira: encontro e desencontros". Pandaemonium Germanicum, n. 14, 2009, pp. 28-53.

PRATER, Donald. *Thomas Mann: Uma biografia*. Rio de Janeiro: Nova Fronteira, 2000.

RÖHL, Ruth. "Traço estilístico em Thomas Mann". *Revista de Letras*. Curitiba (UFPR), v. 39, 1990, pp. 227-37.

ROSENFELD, Anatol. *Texto/ contexto*. 3. ed. São Paulo: Perspectiva, 1976. (Debates, 76)

_____. *Thomas Mann*. São Paulo: Perspectiva/ Edusp; Campinas: Ed. da Unicamp, 1994. (Debates, 259)

_____. *Letras e leituras*. São Paulo: Perspectiva/ Edusp; Campinas: Ed. da Unicamp, 1994. (Debates, 260)

ROSENTHAL, Erwin Theodor. *O universo fragmentário*. Trad. de Marion Fleischer. São Paulo: Companhia Editora Nacional/ Edusp, 1975 (Letras e Linguística, 11).

SOETHE, Paulo Astor. "Thomas Mann. Ironia burguesa e romantismo anticapitalista". In: CODATO, Adriano (org.). *Tecendo o presente. Oito autores para pensar o século XX*. Curitiba: SESC Paraná, 2006, pp. 31-49.

_____. "Proximidade e distância: Onde de Guimarães Rosa e Thomas Mann". *Magma*. São Paulo: Humanitas/ USP, v. 5, pp. 57-71, 1998.

_____. "Thomas Mann e Guimarães Rosa". In: KESTLER, Izabela Furtado et al. (org.). *Estudos anglo-germânicos em perspectiva*. Rio de Janeiro: Faculdade de Letras da UFRJ, 2002, pp. 29-41.

VON WIESE, Benno. *Die Deutsche Novelle von Goethe bis Kafka* [A novela alemã de Goethe a Kafka]. Düsseldorf: August Bagel, 1956, pp. 304-23.

WALSER, Martin. *Selbstbewusstsein und Ironie. Frankfurter Vorlesungen*. Frankfurt: Suhrkamp, 1981.

ZEUG, Alexander: *Der arische Mythos und Thomas Manns indische Legende von den vertauschten Köpfen* [O mito ariano e a legenda indiana das cabeças trocadas de Thomas Mann]. In: *New German Review*, n. 14, 1999, pp. 5-28.

Esta obra foi composta em Fournier por
Raul Loureiro e impressa em ofsete
pela Geográfica sobre papel Pólen Bold da
Suzano S.A. para a Editora Schwarcz
em janeiro de 2022

A marca FSC® é a garantia de que a madeira utilizada na fabricação do papel deste livro provém de florestas que foram gerenciadas de maneira ambientalmente correta, socialmente justa e economicamente viável, além de outras fontes de origem controlada.